Dark Violets

ダーク・バイオレッツ

三上　延

イラストレーター／
成瀬ちさと

Dark Violets

プロローグ

「この家にはね、目に見えない子供が二人いるんだよ」

それが息子の口癖《くちぐせ》だった。

自分の目の前に座布団を二枚敷《し》いて、コップにジュースを入れて座布団の前に置く――客を迎えているつもりらしい。そして、見えない相手になにか話しかけながら、夕方まで一人で遊んでいる。

母親は子供の遊びにほとんど口を出さなかった。

感受性の強い子供が想像上の遊び相手を作るのはよくあることで、同年代の友達ができるに従ってそれもなくなっていくと聞かされていたからだ。

むしろ彼女の気がかりは別のところにあった。息子には他《ほか》の子供と違うところがある。病院にも連れていったが原因は分からない。

それにあの話――「神様」のことも気がかりだった。

その日、彼女が近所のスーパーで買い物を終えて戻ってくると、家のどこかからかすれた唸《うな》り声のようなものが聞こえてきた。

彼女は息子の部屋に行く。ベランダのそばの一番日当たりのいい窓が彼のお気に入りで、そこで遊んでいるのが常だった。

（あら……）

部屋の前で彼女は吹き出しそうになる。唸り声だと思ったものは調子っぱずれな鼻歌だった。タイトルは思い出せないが、聴いたことのあるメロディーだった。確か六〇年代に流行《はや》った外国の曲だ。

「ただいま」

息子は座布団の上にぼうっと座っている。彼女が部屋に入ってきたことにも気付いていないらしい。

「どうしたの？」

声をかけたが反応はない。例の鼻歌を歌い続けていた。

彼の前には一枚だけ座布団が置かれていた。例の「目に見えない子供」たちと遊んでいる雰囲気ではなさそうだった。

彼女は息子の前に屈《かが》みこんで、顔をのぞきこむ。

「今日は誰《だれ》が来たの？」

息子はびくっと体を震《ふる》わせて、彼女を見た。

「かみさま」

彼女はぷっと吹き出した。

昨日の晩、眠る前に聖書をもとにした絵本を読んでやったばかりだった。来月、キリスト教系の保育園に入園することになっていたので、その準備のつもりだった。

「神様はね、普通の人のところにはなかなか来てくれないのよ」

「ぼくが『右目の者』だから、トクベツに来てやったって」

彼女はどきりとして息子の顔を見た。息子の右目は濃《こ》い紫色で、塗りつぶされたように瞳《ひとみ》はつるりとしている。近所の子供は気味悪がって息子と遊ぼうとしない。

「かみさまと歌うたったんだ。大事な歌なんだよ」

息子はまた鼻歌を歌い始めた。

(きっと、テレビでも見てたのね)

彼女はふと座布団のそばに空のコップが置かれていることに気付いた。息子の手には別のコップがある。

「なにか飲んだの?」

「ぶどうのジュース飲んだよ。かみさまと」

息子はジュースが大好きだけど、見えない客に出したものを自分では絶対に口をつけない。

夕方に母親が片付けるまで必ずそこに置いておく。

「……でも、来たことも、話したことも大人《おとな》になる前に忘れちゃうって、言ってた」

あらそうなの、と言いながら空のコップを片付けようとして、彼女は凍りついたように動けなくなった。

座布団には誰《だれ》かが座ったような跡がついていた。

（本当に誰かが来たのかしら）

玄関の鍵《かぎ》は彼女が帰ってくるまで確かに閉まっていたし、息子は開け方を知らないはずだ。風が強かったので窓も閉めてある。

「なにを話していったの」

「いつか『右手の者』と会うだろうって」

「右手……？」

「ぼくたち、バスに乗るんだって」

バス、という表現に彼女はひっかかるものを感じた。

息子はよく子供向けの図鑑《ずかん》を見ているけど、大きな自動車の区別はつかなかった。何度教えても全部「トラック」と呼んでいた。

「どんなバス？」

「行き先のないバス。それでね」

息子は勢いこんで言う。

「ぼくたち、それと戦うんだって」

それを聞いてようやく彼女は安心する。やっぱり子供らしい空想のようだ。あらそうなの、と笑いながら彼女は息子の頭を撫《な》でた。

「それから、もっと大事なことがあるって」

ちょっと息子はためらって、母親の顔を窺《うかが》う。

「なあに？」

「ママ、いなくなっちゃうって」

「あら、どこにいなくなっちゃうの？」

笑顔のままで彼女は尋ねる。

「……えーとね……とこよ、だって」

「とこよ？……それってなんの……」

母親の言葉は途中で途切れた。

(常世、のことかしら)

つまり死者の国だ。自分の顔がひきしまるのを感じた。どこでそんな言葉を聞いたのだろう。

「どうやっていなくなるの？」

「車をウンテンして」

「ママは車の運転できないでしょう？」

「ううん。ずっと先の話」

そういえば、息子が保育園に上がったら運転免許を取りに行きたいと思っていた。でもそれはまだ誰《だれ》にも話していないことだ。

「それだけ？」

「うん。それで全部」

　本人が言った通り、息子はすぐに「かみさま」が来たことを忘れた。ただ、教えてもらったという曲だけは憶《おぼ》えているらしく、時々調子外れな鼻歌で歌っている。

　後には母親の不安な気持ちだけが残った。彼女はベランダで洗濯物《せんたく》を干しながら考える。

　確かに息子は寝ているはずなのに、時々廊下を駆け回る足音が聞こえる気がする。誰もいない部屋に入ると、たった今まで誰かがそこにいたような違和感をおぼえることがある。

　彼女は部屋の中を振り返る。相変わらず、息子は自分の前に座布団を二つ並べて「見えない子供たち」と遊んでいる。

（本当にただの想像なのかしら）

　少なくとも本人には見えているのではないだろうか。もし、こんな状態が何年も続くようだったら――誰かに相談した方がいいのかもしれない。

（でも誰に？）

　彼女には分からなかった。夫は仕事で忙しく、ろくに話す時間もない――夫婦の関係はうまくいっているとは言いがたかった。

　抜けるような青空の下、強い風にあおられた洗濯物がばたばたとはためいていた。

Dark Violets

Ⅰ・神野明良

1

目を覚ました瞬間《しゅんかん》にしまった、と神野《じんの》明良《あきら》は思った。

「……やっちまった」

枕元《まくらもと》の目覚まし時計を見てため息をつく。八時四十五分。朝のホームルームが始まっている時間だった。新しい学校に通い始めて一週間、初めての遅刻だった。もういくら慌てても仕方のない時間だ。

時計は壊《こわ》れていないけれど時々ベルが鳴らない。この家に住んでいた彼の祖父《そふ》が使っていたものだった。何年前からあるのか想像もできない代物《しろもの》だ。

彼はゆっくり起き上がる。コンタクト・レンズのケースを探したが、見当たらなかった。洗面所で外したままだということを思い出した。

彼は制服に着替えた。真新しいブレザーはまだ自分のものという感じがしない。転校してからまだ一週間だった。

明良は神岡《かみおか》町の高台にある古い家に一人で住んでいる。もともとは父親の実家で、祖父が五年前に死んでから空き家になっていた。最初見た時に、明良は『サイコ』という昔の映画に出てくる家を連想した。

彼の両親は彼が小学生の頃《ころ》に離婚していて、母親の方は三年前に交通事故で死んでいた。長い間父親と二人暮らしだったが、突然父親はブラジルでの海外勤務が決まった。

明良は一緒に行こうとしなかった。口では「来年は受験だから」とか「生活の環境《かんきょう》が変わるから」とか、言い訳を口にしていたけれど、本当のところは一人暮らしをしてみたいだけだった。

もちろんそのあたりは父親も十分承知していた。普段《ふだん》は頑固な息子に説得されがちだったが、その時ばかりは絶対に首を縦《たて》に振ろうとしなかった。

「受験もあるし、外国には行きたくないな」と、明良は言った。

「それでも、まずいだろう」

「自分の息子が信用できないのかよ」

「そうは言ってないだろう。ただ、お前は放っとくとなにするか分からんからなあ」

「どこが信用してるんだよ！」

……というような情けない会話がえんえんと繰《く》り返された末、神岡町に住む叔父《おじ》に相談が持ちかけられた。

最初は叔父も反対していたが、結局、空き家になったままの祖父の家に住むなら、という条件つきで一人暮らしが許されることになった。もっとも叔父の家はすぐそばにあるので、監視《かんし》されていることに変わりはなかったが。

準備を終えると、明良《あきら》は仏壇《ぶつだん》の前で正座して手を合わせる。中には母親と祖父の写真がある。こんなところに母親が「いる」わけではないと分かってはいるが、それとこれとは別だ。

祖父は明良の父親とは仲が悪く、生きている間に会う機会はなかった。とにかく変人だったらしい。写真でも丸いサングラスをかけて、不機嫌そうに横を向いている。

(そっぽ向いた遺影《いえい》って普通ねえよな)

目にするたびに明良は思う。それもひどく若い頃《ころ》のものだ。よほど他《ほか》に写真がなかったに違いない。

出かける前にコンタクトのことを思い出す。洗面所に行くと、鏡《かがみ》の前に白い服を着た女の子が立っていた。明良は驚《おどろ》いた様子もなく、鏡の前に立つ。

「あっち行ってな」

聞こえたのか聞こえないのか、彼女は足音も立てずに玄関へ走っていった。彼はコンタクト・レンズのケースから黒いものを取り出す——普通のレンズは周囲が見えるようにするためのものだが、彼の場合は違っていた。正確にはレンズなどではなく、透明度のまったくないただの黒いカバーだ。

彼は鏡を見ながら、カバーを右目につけようとする——彼の右目は生まれつき濃《こ》い紫色だった。

周囲にはそれを隠すためにカラーコンタクトをはめている、という説明をしている。実際にはこれをつけると右目はまったく見えなくなってしまう。普段《ふだん》、明良は左目だけで生活しているることになるが、慣れてしまった今では不自由を感じない。

(ダメだ。うまくいかねえな)

洗面所は北向きで薄暗《うすぐら》い上に電気がつかない。子供の頃からこのカバーをつけているが、付け外しだけは未《いま》だにうまくならなかった。他の鏡は玄関にあるだけだ。仕方なく洗面所を離れる。

玄関ではさっきの女の子が同じ年頃の男の子と一緒に土間にしゃがんでいた。明良の姿を見かけると走ってきたが——するりと明良の体を通り抜けてしまった。

「ジャマすんなって」

二人は声もなく笑いながら、明良のまわりを回っている。明良は「一人暮らし」だったが、正確にはこの二人が同居していた。前の家にも住んでいた連中で、引っ越した時も明良についてきた。彼以外には誰《だれ》にも見えない。

生まれつき明良には不思議な力があった——彼の右目は死んだ人間を「見る」ことができるのだ。

子供の時から、明良は常に死んだ人間たちに囲まれて生活してきた。しかし彼の話を聞いた両親は「幽霊《ゆうれい》」が見えているとは思わなかった——明良は精神科に連れていかれた。精神科医は目の色の異常がもたらしたストレスが幻覚症状を生んだ、と診断した。当然ながら、なにをしても「症状」は改善されなかった。結局、両親が明良《あきら》に与えたのは黒いカバーだった。

両親は息子の話を全面的に信じたわけではなかったが、「それで息子が安心するなら」というお守りのようなつもりだった。明良は幽霊《ゆうれい》を見たいとも思わなかったので、黙《だま》ってそれを受け取った。それ以来、彼は右目で見えるものについて周囲に話さないことにして——「幻覚」は治ったということになった。

玄関の鏡《かがみ》を見ながら、明良はコンタクト状の黒いカバーをはめる。とたんに二人の姿が見えなくなった。

(これでよしと)

カバーをつけると「普通の高校生」と変わるところがなくなる。きちんとスニーカーをはいて、彼は引き戸を開けた。

2

空はいやな曇《くも》り空だった。雨が降る前の湿った風が肌にまとわりついてくる。バス停には誰《だれ》もいなかった。本当はバイクを使いたいところだったが、しばらく叔父《おじ》が預かることになっていた。

停留所の時刻表を見ると、バスは行ったばかりのようだった。ベンチには誰も座っていない。学校まで歩いていってもいいが、このままバスを待ってもあまり時間の差はなさそうだった。

（このままサボってどっか行くのもいいか）

そういうことには罪悪感はおぼえない——不良というわけではなかったが、真面目《まじめ》な生徒とも到底言えなかった。

ただ、この神岡《かみおか》町の中では遊びに行くのは難しい。駅前の繁華街《はんかがい》はさほど大きくはないし、人目につく。東京まで電車で行くにも時間がかかりすぎる。地元の高校生なら知っているはずの「穴場」も、引っ越してきたばかりの明良には分からない。

（どうしようもねえなあ）

とため息をついた時、角を曲がってバスがやってきた。

明良は自分の時計と時刻表を見比べる。本来バスの来る時間ではなさそうだった。時刻表が新しくなって、まだ取りかえられていないのかもしれない。

（これならあまり遅れないで行けるな）

停車と同時にドアが開く。タラップに足をかけた時、明良はふと足を止めた。微妙な異臭のような、ひやりとした空気のような——あまりいい気持ちのしないなにかが車内から漂ってきた気がした。

明良は首を伸ばしてバスの中を確認する。

乗客は一人もいなかったが、さほどおかしなことではない。終点は明良《あきら》の通う神岡北《かみおかきた》高校で、もう授業が始まった今の時間に乗客がいないのは当然だ。

(気のせいかな)

明良はタラップを上がる。バスは滑るように走り出した。

(ふう……)

彼は座席に腰を下ろそうとして——ふと動きを止めた。おずおずと座席に触れてみる。

誰《だれ》かがたった今まで座っていたように生温かかった。もう一度バスの中を見回したが、もちろん誰もいない。明良はその後ろの座席に座る。今度はなにも感じない。彼は首をかしげる——確かに前の座席には誰かが座っていた感触が残っていた。もっとも、前の停留所で降りたのかもしれなかった。

明良は外を眺める。バスは古い家々が残る「元町《もとまち》」から、新しいマンションやビルが立ち並ぶ「新町《しんまち》」へと差しかかっていた。

窓の下をバス停が通り過ぎていく。明良と同じ制服を着た男子生徒がバスを待っていた。振り返って彼の姿を確認する。もちろん知らない生徒だったが、あいつも遅刻したんだな、と思うと親近感めいたものが湧《わ》き——それから、唐突に我に返った。

(なんで止まらないんだ?)

なにかの見間違いかな、と首をかしげた時、もう一つ別のことに気付いた。

車内放送がまったくないのだ。

(思い過ごしかもしれない)

一つ一つは些細《ささい》なことで——いや違う、と明良は頭を振った。客のいるバス停を素通りしたのはどう考えてもおかしい。

明良は身を乗り出して運転席を見る。運転手の様子におかしなところはない。しかし、バスに乗った時からまとわりついている微妙な感覚が気になる。

(あいつ、「取りつかれている」かもしれない)

普通、人間は幽霊《ゆうれい》に干渉されないものだが、例外的に波長が合う——取りつかれる——ことがある。そういう人間は本人が望みもしない行動を取ってしまうのだ。

(「見て」おいた方がいいな)

明良はポケットの中からコンタクト・ケース——これは普通に売られているものだ——を取り出す。そして、右目の上にあるカバーをつまんで外した。

まぶしい光が右目に飛びこんでくる。明良は一度ぎゅっと目を閉じて、おそるおそる薄目《うすめ》を開けていった。最初に見えたものは——人間の首だった。

「うわあああっ!」

明良は大声を上げる。十センチと離れていないところに、逆さになった女の首がゆらゆら揺れていた。明良《あきら》の膝《ひざ》にべっとりと長い髪の毛が垂れている。重力に引っ張られて上唇はめくれ、開かれた両目は完全に白目をむいていた。

（こ、こ、こいつ……）

さっき感じた気配はこの女のものだったのだ。前の座席には、どこかの学校の制服を着ているらしい両肩が見える。おそらく年齢《ねんれい》は明良と同じくらいだろう。喉《のど》がおそろしく深く切り裂かれ——というよりは、もう少しで首そのものが切断されるところだったらしい。うなじの皮だけでかろうじてつながった頭が、がっくりと後ろに折れているのだ。

（落ちつけ）

彼は自分に言い聞かせる。幽霊《ゆうれい》は死んだ時の姿のままで現れることが多い——無残な姿は今までも見たことがあったが、だからといって幽霊に「慣れる」わけではない。

突然、彼女のまぶたがぶるっと震《ふる》えた。

（生きているはずが）

と思いかけて、明良は自分の愚かさに気付いた。今、見ているのは生きた人間ではないのだ。まぶたの奥からするりと瞳《ひとみ》が現れる。黒目は濁《にご》って青みがかっている。死んだ人間の証《あかし》だった。彼女は瞳をせわしなく動かして、周囲を見ようとする。

明良はその視線から逃れるように、座席から床に転げ落ちた。目の前に誰《だれ》かの足が見えた。黒い革靴《かわぐつ》と、学校指定らしい紺《こん》のソックス。見上げると、別の制服を着た女の子が立っていた。

白い顔と、青く濁った目――やはり喉元に深い裂け目が走っていた。もはや一滴の血も流れていない。

(なんなんだこのバスは)

明良は立ち上がってバス全体を見回す。一番後ろの座席に、さらにもう別の女の子がだらりと体を座席に投げ出している。バスのかすかな振動に合わせて、首が前後にゆれている。時々、もう一つの口が話しかけているかのように喉の傷がぱくりと開く。

明良は震える手で右目を隠す。とたんに彼女たちの姿は消えてしまった。なんの変哲もないバスがあるだけだ。これは幽霊だけが乗るバスなのだ。しかも喉を切り裂かれて死んだ人間ばかりだ。

はっと気がついて停車ボタンを押す。ブザーは鳴らなかった。別のボタンを押したが、同じことだった。

明良は恐怖をこらえて運転手に近づいていった。黒い帽子のかげに隠れて、顔はよく見えない。

「停車ボタン……押したんですけど」

口から出たのは間が抜けたセリフだった。運転手は右目でなくとも見える――「幽霊」ではなさそうだった。

「止めろよ、おい」

「……」

そいつは答えなかった。黙《だま》ってハンドルを握り締《し》めている。

(こいつもただの「人間」じゃねえ)

恐怖と怒りが同時にこみ上げてきた。

「止めろって言ってんだろ!」

声が震《ふる》えなかったのがせめてもの慰《なぐさ》めだが、明良《あきら》の頭はパニック寸前だった。彼は運転手の帽子を弾《はじ》き飛ばす。

運転手はたった今気がついた、というように明良の顔を見上げた。

「『行き先のないバス』に乗りたいと思ったことはないか?」

顔はまだ若く見えたが、声はしゃがれた老人のようだった。

「な……」

「あるだろう?」

「人の話を……」

聞いてんのか、と言いかけた時、突然、がくん、とバスが減速して止まった。音もなくドアが開く。

明良は呆気《あっけ》に取られてドアの先にあるバス停の標識を眺め——それから、転がり落ちるようにバスから降りた。

3

バス停には女の子が一人立っていた。神岡北高校《かみおかきた》の制服を着ている。反射的に明良は自分の右目を隠して相手を見る。消えない。普通の人間のようだった。

ざっと相手を見回す。色の白い、おとなしい感じの女の子だった。目立ちはしないが、美人と言えるタイプだ。転校してきたばかりの明良はもちろん誰《だれ》なのか分からなかった。

明良は自分の体が震えていることに気付いた。気を抜くと今にも膝《ひざ》をつきそうだった。

「あの……」

彼女は声をかけてきた。落ちついた、よく響《ひび》く声だった。

「大丈夫？」

どう見ても普通ではない明良に驚《おどろ》いた様子だった。具合が悪いと思ったらしく、明良におずおずと右手を伸ばしてくる。白い手袋をはめているのが目についた。左手の方は素手のままだ。

「……大丈夫」

呼吸を整えながら、彼はふと気付いた。

(俺《おれ》を降ろすために止まったんじゃなくて――)

彼女を乗せるために止まったのではないか。慌てて顔を上げると、彼女は明良の脇《わき》をすり抜けてタラップに足をかけている。

「ちょっと待てよ」と、明良《あきら》は声をかけた。

「え？」彼女は振り返った。

「このバスに乗るつもりなのか？」

彼女はバスの側面に書かれている行先を確認した。神岡北高校《かみおかきた》行、となっているのは明良も知っていた。

「え……ええそうだけど」

明良はようやく相手のネクタイの色が違うことに気付いた。三年生。一学年上だ。

「やめた方がいいですよ」

「どういうこと？」

「どういうことって……そんなのは……」

明良にも目の前にあるものがなんなのか分からない。とにかく普通のバスではない、としか言いようがなかった。誰《だれ》の目にも異常なものがあれば説明もできたが、「幽霊《ゆうれい》」は明良以外には見えないのだ。

運転手は深く帽子をかぶったまま、前を見ているだけだった。二人の会話にまったく無関心な様子だった。

「……後で説明するけど、とにかく乗らない方がいい」

「……」

彼女は明良の顔を見ていた。変わったように見えるまともな人間か、まともなフリをした頭のおかしい人間か、迷っているように見えた。

「あのー、ジャマなんだけど」

不意に二人の後ろから声が聞こえた。

「乗らないんだったらどいてくれる？」

振り向くと別の女子生徒が立っていた。手袋をしている彼女と同じく三年生らしい。急いで走ってきたらしく、息を切らせている。

二人が突っ立ったままなのに苛立《いらだ》ったのか、押しのけるようにしてタラップを上がろうとした。

「乗っちゃダメだ。このバスはやめろ」

我に返って明良は言った。

「は？　なんで？」

「死にたくなかったらやめろ」

彼女はしばらく明良の顔をじろじろ眺めていたが、やがてぷっと吹き出した。

「なに言ってんの。ただのバスでしょ」

彼女はそう言いながら完全にバスに入ろうとしている。もうなりふり構っていられなかった。

運転手にも聞こえるのを承知で明良《あきら》ははっきり言った。

「幽霊《ゆうれい》がぞろぞろ乗ってるんだ。『ただのバス』なんかじゃない」

彼女はちょっと顔を引いて明良を観察した。話の内容に驚《おどろ》いたというよりは、おかしなことを言い出した明良に驚いたようだった。

「あんたたち頭おかしいんじゃないの」

と、言い捨ててタラップを上がってしまった。その瞬間《しゅんかん》、ドアが音もなく閉まった。

「あんた、降りろ!」

と、明良はバスの側面を叩《たた》きながら叫び——それからぞっとした。バスの車体が両手を打ち合わせたような、ぴしゃり、という音を立てたからだ。まるで皮で覆《おお》われているような感触だった。

明良は本能的に飛びのいた。

(このバスは……)

生きているんじゃないのか、と思いかけた時、音もなく急発進した。慌てて明良も駆け出す。

二十メートルも進まないところに信号があった。たった今、赤に変わったところだった。

(あそこで追いつける)

しかし、バスは信号が近づいても速度を落とさなかった。

「あっ」と、声を上げたのは彼女だった。

次の瞬間、走っていたバスが突然消えてしまった。といっても、明良の右目にはまだはっきり見えていた。たった今まで実在していたバスが「幽霊」と化したのだった。

この世から「消えた」バスはゆうゆうと信号を無視して、スピードをいっそう速めながら公差点を折れて消えていった。

4

明良はベンチに戻って腰を下ろした。疲れきっていたし、色々なことが起こりすぎて混乱していた。

「あなた、誰《だれ》なの」

手袋をした女の子が明良に話しかけてくる。

「神野《じんの》明良」明良はゆっくり答えた。自分の名前を言うのも面倒だった。

「さっきの女の子、知ってますか？」

「……顔は知ってる。名前までは知らないけど」

（あのバス、一体なんだったんだろう）

明良以外の人間にも見えていたし、さわることも出来る。にもかかわらず「消えて」しまった。生きているものなのか、そうでないのかどちらともつかない。あんなものを見たのは初めてだった。

「どこから来たの」

「さあ。俺《おれ》に聞いたって分かるワケが……」

明良《あきら》はようやく彼女が微妙に距離を置いていることに気付いた。なにかあってもすぐに逃げられる、という感じだった。

彼が立ち上がると、彼女はさらに一歩引いた。

「どこから来たって俺のことですか？　バスじゃなくて？」

明良にもようやく理解できた。おかしなバスには乗らなくて正解だったけれど、そこから降りてきた野郎も信用できないというわけだ。

「……どうしてあの変なバスから降りてきたの」

「疑うのは勝手ですけどね」と、明良はむかむかしながら言った。

「それだったら今からでもあのバスに乗りゃいいでしょう。今度は止めませんよ」

その時、タイミングよくバスが目の前に止まった。神岡北《かみおかきた》高校行き。明良たちはとっさに顔を見合わせた。

「乗らないんですかー」

開いたドアの向こうで、間延びした中年の運転手の声が聞こえた。今度は普通のバスらしかった。窓から乗客たちが不思議そうに彼らを見下ろしている。

「……俺は歩きますよ」

　今日はバスに乗る気になれそうもなかった。明良はベンチから立ち上がって歩き出した。

　何メートルか歩いたところで、バスが追い抜いていった。これでもう一時間遅刻が確定した。

　後ろから足音が近づいてくる。気がつくと、彼女が明良と肩を並べて歩いていた。

「乗らなかったんですか」

「……ヘンなこと言ってごめんなさい」

　明良は彼女の顔を見た。

「よく分からないけど、助けてくれたのよね」

「礼なんかいいですよ。それに、さっきの人は乗っちまったし」

「さっきの子、どうなったかしら」

「どこかで降りられるといいんだけど……」

（普通のバスでもないし、幽霊《ゆうれい》でもなかった）

　だとすると一体なんなのか──明良には分からなかった。

「あなたはどうしてあのバスに乗ってたの？」

「バス停でバスを待ってたら、あんなのが来ちゃったんですよ。別に乗ろうと思って乗ったワケじゃないんです」

　明良はバスの中で起こったことをかいつまんで説明した。ただ、幽霊たちが負っていた傷の話は伏せておいた。あえて彼女を驚《おど》かせる必要はないと思ったのだ。

「さっきの人、どこのクラスだか分かりますか?」

「どうして?」

「名前を知りたいんです。もしこのままいなくなったら、放っとくわけにいかない」

明良《あきら》は「幽霊《ゆうれい》」やそれに類するものに関《かか》わりたいと思ったことは一度もない。それでも、自分以外に「見える」人間がいないとなれば話は別だ。

「警察《けいさつ》に連絡した方がいいんじゃない」

「……なんて説明するんですか?」

そのまま説明したところでイタズラだと思われるだけだろう。彼女は明良の言葉をかみ締《し》めているようだった。

「あのね、わたしたち変なもの見たけど……ひょっとして幻覚を見たのかもしれないじゃない。バスが消えたような気がしたけど……本当は」

「さっきの人が学校に来てれば、俺《おれ》もそう思いますよ」

彼女は真面目《まじめ》な顔で、そうね、と言った。

「分かった。私が調べてあげる。顔は知ってるし、あのクラスにも知り合いはいるからすぐ分かると思う」

坂を上がっていくと、学校が見えてきた。小高い山の斜面に沿うように校舎が建てられている。神岡北高校《かみおかきた》は住民がこれからも増え続けることを見越して、二年前に開校した新設校だった。高台にあるおかげで広いグラウンドが造れなかったのが難点だ。

「……さっき幽霊が見えるって言ってなかった？」

明良は頷《うなず》いた。なるべく誰《だれ》にも言わないつもりだったが、取り繕《つくろ》っても意味がない。

「幻覚って言われりゃそれまでですけど……とにかく見えるんですよ。こっちの目で」

彼は自分の右目を指差す。ふと、黒いカバーをなくしたことに気付いた。バスの中でのごたごたで落としたに違いない。家には予備があるけど、今日一日はこのままで過ごさなければならない。

彼女はじっと明良の目を見た。あまり長い時間だったので、明良は緊張《きんちょう》して目をそらした。

「目の色が違うのね」

「遺伝らしいですけど」

二人《ひとけ》は人気のない校門をくぐった。どこか遠くで、体育の授業で使うホイッスルの音がした。

「じゃあ、お父さんかお母さんも……目の色が違うの」

「親父《おやじ》もお袋もそんなことないですよ」

「じゃあ、誰《だれ》からの遺伝？」

（誰だろう）

父方の遺伝だとは聞いていたが、叔父《おじ》も従妹《いとこ》も目の色は普通だった。

「親戚《しんせき》の中であなたみたいな能力のある人っていないの？」

明良《あきら》は立ち止まった。今まで考えたこともなかった。

「まさか。それだったら、話ぐらい聞いてるはずだし」

明良たちが生徒用の玄関まで来たところで、ちょうどチャイムが鳴った。二時間目が終わったところだった。

「バスに乗った人のこと、いつ頃《ごろ》分かります？」

「次の授業が終わった後だったら。渡り廊下に来て」

二人は廊下で立ち止まった。学年が違う二人は教室も別々の校舎にあった。

「私、御厨《みくりや》柊美《とうみ》」

「……神野《じんの》明良です」

「憶《おぼ》えてるわよ」

彼女はかすかに笑った。

「後でね、神野くん」

彼女は手袋をはめた手をひらひらさせた。別れたあとも、なんとなく明良の記憶《きおく》に残った。

5

明良は二年生の教室に向かった。ちょうど休み時間で廊下には大勢の生徒が歩き回っているが、明良の知っている顔はなかった。新学期と同時に転校したばかりで、ほとんど知り合いがいないのだ。

教室に入ったとたん、

「おっそーい」

窓際の席から大きな声が聞こえた。従妹の神野岬《みさき》だった。

「うるせぇな、でかい声出すなよ」

明良は岬の後ろの席にバッグを置いた。

「なにサボってんの」

「遅刻だよ、チコク」

「さっき電話したけど、出なかったじゃない」

「家はもう出てたんだよ」

「あたしが起こさないとすぐサボるんだから」

「遅刻だって言ってんだろ。人の話聞いてんのか」

岬《みさき》は明良《あきら》の家から坂を下ってすぐのところに住んでいる。

昔からチビでうるさくて男みたいだと明良は思っていたが、今は——今も、あまり変わりはない。

「三年の御厨《みくりや》さんと一緒に来たでしょ。校門から歩いてくんの見えたよ」

「知ってんのか？」

「御厨さんって言ったら有名でしょ。って知らないか」

「知るわけねえだろ。ここに来てまだ一週間だぞ」

「それでもう女の子に手ェ出してんだ」

「女の子に手を出す」という言葉に何人かが明良たちを振り返った。岬のおかげで話し相手には不自由していなかったが、かえって他《ほか》の連中を遠ざけているような気がする。

「バスに乗りそこなったら、一緒になったんだよ」

「ふーん。そう」

岬はにやにや笑いながら明良の肩を軽くこづいた。

「キレイな人だよね。あんたにはもったいないけど」

余計なお世話だ、と明良は思った。

「なに話したんだ」

岡内《おかうち》が横からひょいと顔を出した。岬の小学校からの幼馴染《おさななじみ》だ。赤っぽい色に染めて立てた髪といい、いかつい顔つきといい、どう見ても「真面目《まじめ》」な高校生には見えなかったが、話してみると親切でのんびりした性格だった。

「ただの世間話だよ」

ただの世間話とは言えない内容だったが、この二人に話すわけにもいかない。

「あの人、そんなに有名なのか」

「聞いたことねえのか。御厨さん伝説」

「なんだよ、伝説って」

「あの人ねえ、一回停学くらってんだよ」

と、岬が言った。

「そんなことかよ」

明良は興味《きょうみ》を失った。停学など珍しくもない。大した「伝説」ではなさそうだった。

「それが全部じゃないって。カレとホテルから出てきたとこ、教師に見られちゃってさ」

「じゃ、彼氏持ちか」と、明良は言った。停学よりもまだそっちの方に関心が持てた。

「男なんか全然興味なさそうに見えるけどな」

岡内が呑気《のんき》に口をはさんだ。岬はぎろりと岡内をにらんだ。

「興味のない女の子なんかいるワケないじゃない」

「男はどうなったんだよ」

「あーそれがさあ、彼女がつかまったとたん、ダッシュで逃げちゃったんだって」

「ひどい奴《やつ》だよな」と、岡内《おかうち》は顔をしかめながら言う。

「逃げたってことは、この学校の奴ってことだよな」

「そうだと思うんだけど、御厨《みくりや》さんが喋《しゃべ》らなかったから、未《いま》だに分かってないの。あの人、職員会議ですごい責められたらしいよ。生徒指導《しどう》の田沼《たぬま》とかが退学させるってオドしたんだけど、絶対口割らなかったんだって。ちょっとカッコいいよね」

「それで停学？」

「そう。一ヶ月」

「一ヶ月？」

明良《あきら》は心底呆《あき》れた。

「くっだらねえなあ。ここの教師はセックスしねえのかよ」

「でもね、退学確実って言われてたんだよ。今まで優等生だったから学校も大目に見たんじゃない」

「停学あけてすぐの期末も学年トップだったってよ。スゲえよなあ」

感心している岡内を見ながら、岬《みさき》はにやにやしている。

「岡内、ああいう人好きなんだ」

「バカ。俺《おれ》は別に……ああいうタイプじゃなくて……」

岡内は真っ赤になりながらもごもごロを動かしている。この一週間、明良が見ている限りでは岡内は岬のことが好きらしい——もっとも、岬はまったく岡内なんか眼中にない感じだったが。

「あの人、なんで手袋してんだ」

明良はふと思い出して言った。

「小さい頃《ころ》すごいヤケドして、手袋で隠してるって話聞いたけど」

「ええ？　子供の頃、犬にかまれたんじゃないのか？」と、岡内が言った。

「違うよ。ヤケドだって」

「どっちでもないだろ」

「え？　あんた初対面でそんなこと聞いたの」

「まさか」

「じゃ、なんで分かんの」

「いや……なんでって言われても」

明良は彼女が手を振っている姿を思い返していた。うまく説明はできないが、なんとなくもっと別の——深い事情があるような気がした。

「さっきから気になってたんだけど」

岡内ののんびりした声に、明良は我に返った。

「お前、なんか今日、片方だけ目の色ヘンだな。カラーコンタクトか?」

「こっちが生まれつきなんだよ。普段《ふだん》がカラーコンタクト」

本当はまったく光を通さないカバーだったが、それはほとんどの人間は知らないことだった。

「へえ。こっちの方がいいじゃないか。どうしてわざわざコンタクトなんか……」

岬《みさき》が上履《うわば》きで岡内《おかうち》の足を思いっきり蹴《け》り上げた。

「いてっ」

岡内は飛び上がり、しまった、という顔つきになった。

「別にいいんだ。そんな気にしてるわけじゃないしな」

昔から目の色が他《ほか》の人間と違うことはさほど気にならなかった——ただ、そのせいで見えるものが問題なのだ。

次の休み時間、明良《あきら》が向かいの校舎への渡り廊下へ行くと御厨《みくりや》柊美《とうみ》はすでに待っていた。

「どうでした?」

「名前は日浦《ひうら》千明《ちあき》。やっぱり今日は来てないし連絡もないって」

「家に誰《だれ》か連絡してみたんですか?」

「私、さっき調べて電話したんだけど……お母さんが今日は学校に行ったはずだって」

明良は舌打ちをする。これでなにかが起こったのは確実になった。

「もう学校から連絡も入ってるみたいで、すごく心配してた」

柊美は暗い目で足下に視線を落としていた。

「あのバスに乗ったままだと、どうなると思う？」

明良は幽霊《ゆうれい》たちの無残な姿をありありと思い出す——あまり考えたくなかった。

「……分からない」

「でも神野《じんの》君、あの人に『死にたくなかったらこのバスに乗るな』って言ったでしょう」

「……幽霊が多すぎる場所はよくない場所なんです。なにが起こるか分からない」

交通事故が頻発《ひんぱつ》する交差点、自殺の名所……そういう場所でなければ、幽霊たちが「溜《た》まる」ことはあまりない。

「普通のバスには幽霊って乗ってないの？」

「ほとんど見たことないですね。普通の人間は幽霊にならないんです。幽霊になるのは『残ってる人』だけだから」

「残ってる人？」

「俺《おれ》の目に見えるのは、多分まだあの世に行ってない人間だけなんです……ってあの世がどんなもんか知らないけど、この世じゃないところ、かな。とにかく、あっち側にまだ行ってない人」

「……成仏《じょうぶつ》してないってこと？」

「そんな感じですね。死にきれない人間っていうか」

明良《あきら》は母親の幽霊《ゆうれい》を見たことはない。多分、母親はちゃんと「死んで」いるからだろう。

「……でも、俺《おれ》には見えるだけだから、なにが出来るってワケじゃないんですけど」

彼女はしばらく考えこんでいた。なにか大事なことを言おうか迷っている、という風だったが、明良は気がつかなかった。

「今まで、同じような能力のある人に会ったことある？」

「時々『霊感が強い』とか言ってる人はいますけど、ほとんどはただの思いこみで、本当に『見える』人間ってめったにいないんですよ……ま、向こうからすりゃ俺の方が『見えてない』ってことなんだろうけど」

遠くでざわめきが聞こえる。もうすぐ次の授業が始まるのだ。

「……あの、わたしね……」

「あー、御厨《みくりや》」

不意に二人の後ろから大声が聞こえた。振り向くと、メガネの女子生徒が走ってくるところだった。

「どうしたの。こんなとこで」

「うん。ちょっと」

「もうチャイム鳴るよ」

「うん、すぐ戻るから」

「次、リーダーのテストだっけ」

「そうね」

彼女と同じクラスのようだったが、明良を見ようともしないのが逆に不自然だった。

「じゃ、俺そろそろ戻ります」

話の腰を折られた感じで、明良は彼女に言った。

「あ、うん。それじゃ。またね」

明良は自分の教室のある校舎に戻っていった。

放課後、下駄箱のあたりで明良は岬《みさき》に会った。

「部活どうしたんだ」

と、明良は尋ねる。岬は陸上部で中距離走の選手だった。

「グラウンドの補修があって使えないの。今日は朝練だけ」

「岡内《おかうち》は？」

「部活連の会議だって。待っててくれって言われたけど、いつまでかかるか分かんないし」

岡内はバスケ部の副部長で、そういう会議にも出なければならないらしい。周囲の信頼も厚く、顔に似合わず次の部長候補だった。

二人は校門を出た。校門前のバス停には何人か生徒が並んでいる。明良《あきら》が通り過ぎていこうとすると、岬《みさき》に腕をつかまれた。

「どうしたの。バス来るよ」

「今日は歩いて帰るよ」

「はあ?」岬は大声を張り上げた。バス停にいた生徒が一斉《いっせい》に振り向いた。

「なんで?」

「今日はそういう気分なんだ」

「……なに言ってんのあんた。バカじゃないの」

「うるせえな」

「あ、分かった。定期忘れたんでしょ。お金貸すよ」

明良は乱暴に岬の腕を振りほどいた。

「いいんだって。今日は天気もいいだろ。そういう気分なんだよ」

言い訳にもなっていないことは分かっていたが、他《ほか》に言うことを思いつかなかった。岬は明良の顔をじっと見ている。真剣な顔だった。まずいな、と明良は思った。

「今日、なんかあったの? ただ遅刻しただけじゃないんじゃない?」

岬には幽霊《ゆうれい》の話はしたくなかった。かつての「幽霊が見えるという幻覚」はすっかり治ったことになっている。

「なにもねえって……御厨《みくりや》さんと一緒だったけどな」

「そっか。そうだよね」

「じゃ、俺《おれ》は歩いて帰るから」

「あたしも付き合ってあげる。たしかに天気もいいしね」

結局、岬と二人連れということになった。二人は長い坂を下っていく——明良はふと、今朝《けさ》の柊美《とうみ》との話を思い出した。

「岬、うちの家系で俺と同じような目の人間っていないのか」

岬は心底呆《あき》れたように明良の顔をのぞきこんだ。

「なに言ってんの。おじいちゃんに決まってんでしょ」

「え……」

明良はサングラスをかけた遺影《いえい》を思い出す。変わり者だと聞いていたから疑問にも思わなかったが、目を隠すためだと思えば納得がいく。

「見れば分かるじゃない」

「会ったことねえんだよ」

「あ、そうか……でも、誰《だれ》からも聞いてないの?」

「聞いてないな」

明良の家では父方の祖父の話はタブーだった。祖父が死んだ時も、父親はなにも告げずに葬式に行った。明良《あきら》は後から話を聞いただけだった。

「じいさんってどんな人間だった？」

岬《みさき》はきっぱり言った。しばらく次の言葉を待ったが、続きはなかった。

「怖かったよ」

「……他《ほか》になんかねえのか？」

「だって、あたしもロクに喋《しゃべ》ったことないのよね。あたしが生まれた時には、もうあの家に一人で住んでたし……でも、あんたのことは気にしてたみたい」

「俺《おれ》？　だって会ったことないんだぜ」

「夏休みとかにあんたのところに遊びに行くでしょ。帰ると必ず呼ばれるの。しょうがないから行くとさあ、『明良はどうだったか』って聞かれるの」

「なんて答えてた？」

「別に。一緒に遊園地行ったとか、ケンカして泣かせたとか」

「泣いたことなんかねえだろ」

「たとえばの話だって」

「そんなこと聞きたがってたのか？」

「あたしに言われても知らないよ。興味《きょうみ》があるんだったら、どうして会いに行かないんだろうっていつも思ってた」

明良にとって祖父は完全な絶縁《ぜつえん》状態の親戚《しんせき》でしかなかった。親族といっても、接触がまったくなければ他人とあまり変わりがない。

「俺のことなんか眼中にないと思ってたけどな」

「そんなことないんじゃない。家のこともあるし」

「家？」

「あそこ、今はあんたの家だしね」

「俺は住んでるだけだろ」

「知らないの？　あのおじいちゃんの家って、明良が相続したことになってんのよ」

「はあ？」

明良にはまったくの初耳だった。

「ま、あの家って不便だから誰《だれ》も住みたがってなかったんだけどさ。遺言《ゆいごん》状見た時にみんなびっくりしたみたいよ。なんでなんだって」

「……なんでなんだ？」

「そこまでは知らないけど……あんたの目っておじいちゃんからの遺伝《いでん》でしょ。そういうのもなんか関係してるんじゃないかなあ。なんかあんたとおじいちゃんって似てるとこあるし」

「俺も怖いのか？」

「あんたが怖いわけないでしょ。ちょっと無口なところとか。自分から色々喋ったりしないけど、なんか色々考えてるみたいな」

岬《みさき》はちょっと遠くを見るような目つきになった。

「怖かったけど、別にキライじゃなかったな」

明良《あきら》は遺影《いえい》を思い浮かべる。祖父の顔というと他《ほか》に見たことがないのだ。

「岬、じいさんって時々ヘンなこと言ってなかったか？」

「ヘンなことって？」

「たとえば……幻覚が見えたりとかさ」

「なにそれ。ボケちゃってたかってこと？」

「ん……まあ、そんなもんかな」

「それはないんじゃない。死ぬちょっと前に、あたしと病室で普通に話してたし。珍しく色々あたしに聞いてきてさ、学校のこととか。あ、そうだ——あんたのことも言ってたよ。『もし明良がこの町に住むようになったら、助けてやれ』……ってあれ、どうしてあんたがここに住むこと知ってたんだろ」

「俺《おれ》に聞くなよ」

「すごい自信満々で話してたからあたしも聞き流しちゃったけど、今考えるとヘンだよねえ」

「ボケてたんじゃねえのか」

「うーん。そういえば、死ぬちょっと前に意識が戻ったんだけど、あの時もなんかヘンなこと言ってたな。えっとね……ジュウがどうのこうの……」

「ジュウ？　拳銃《けんじゅう》の銃か？」

「多分ね。うわ言だったのかなあ、あれ。確か、銃を持つことがどうのこうの……」

「なんだそりゃ」

「拳銃は持てないとか、そういう意味の言葉」

「当たり前だろ、日本なんだからな」と、明良は呆《あき》れて言った。

「そうだよねえ」

後で考えれば重要なヒントだったのだが、明良はさほど深い意味に取らなかった。そのせいで命を落としかけることになるが――それはもう少し後の話だ。

6

数日は何事も起こらなかった。相変わらず日浦《ひうら》千明《ちあき》の行方《ゆくえ》は分からずじまいで「家出」ということで処理されたようだった。明良は毎日あの時間帯にバス停にも行ってみたが――つまりそのたびに遅刻したわけだが――例のバスは現れなかった。

三日後の朝、明良は自宅で岬と朝食をとっていた。

「やっぱここいい眺めだわ。歩いてくんのかったるいけど」

何日も続けて大遅刻したせいで、岬《みさき》は早めに家を出て明良《あきら》を起こしにやってきていた。そのせいで食べそこねたと騒《さわ》ぐので、明良は仕方なく岬の分の朝食も用意した。

「俺《おれ》なんか毎日歩いて往復してんだぞ」

「ちょうどいいんじゃない。あんた運動不足だし」

「叔父《おじ》さん、バイクまだ返してくんねえのかよ」

「たまにガレージでいじってるよ。乗りたいんじゃない」

明良はため息をつきながら窓の外を見る。今日はバス停に行けそうもない。

神岡町《かみおかちょう》は上から見ると、真新しい線路を境界線にしてまっぷたつに分かれていた。三年前に新幹線が開通し、大都市からの通勤圏に入るようになってから町の様子が一変した。

明良の家から見て、線路の向こう側にある海側の地域――「新町《しんまち》」では開発が進み、海の上にも埋立地が広がりつつある。明良の家がある「元町《もとまち》」は線路のこちら側の地域で、何代も前からここに住んでいるような、古くからの住民が多い。

「あ、そうだ。あんた、新聞ポストに入れっぱなしでしょ」

岬は明良の前に新聞の束を放り出した。一週間分ぐらいはある。

「いらねえよ。新聞なんか」

テーブルの上に置かれたそれを払いのけようとして、明良の顔色が変わった。

一番上にある今朝《けさ》の朝刊に、大きな写真が載っていた。「ついに新しい犠牲者《ぎせいしゃ》」という見出しがついている。三日前の朝、明良たちを押しのけてあのバスに乗った日浦《ひうらち》千明《あき》だった。

（……昨日午後一時頃《ごろ》、神岡ニュータウン建設予定地の埋立地付近で、喉《のど》を切り裂かれた若い女性の死体が発見された。身元を調べたところ、神岡北《かみおかきた》高校三年の日浦千明さん（17）と判明。死因は出血多量。死亡推定時刻は前々日の十二時頃と見られている。日浦さんは三日前の朝に家を出たまま行方《ゆくえ》が分からなくなっていたが……）

岬もそれを覗《のぞ》きこんで顔をしかめる。

「あ、それ見た？　今度はうちの学校の生徒だって」

「今度って……前にもあったのか、こういうこと」

「あんたが引っ越してきてからは初めてなんじゃない。三人か四人ぐらい死んでるのよね」

「犯人は捕まってんのか」

「ううん。全然……どうかしたの」

岬はきょとんとして明良の顔を見ている。社会面の関連記事を見ると、「これまでにも四人の犠牲者が埋立地で発見されている」と書かれている。

（だとすると、あのバスにいたのは……）

これまでに死んだ犠牲者に違いなかった。

「くそっ」

明良《あきら》は椅子《いす》を蹴《け》って立ち上がる。

「前の新聞ないか。古いの」

「え？　古いってどれぐらい？」

「この事件の記事が載ってる新聞だよ！　お前の家にねえのか」

「そんなこと言われても……回収で出しちゃうからないよ。どうしたの急に」

「学校の図書室にはあるよな。新聞」

「あるんじゃないの。あたし図書室使わないからよく知らな……」

御厨《みくりや》柊美《とうみ》にも会って詳しい事情を聞かなければならない。彼はいても立ってもいられなくなった。

「学校行くぞ！」

「はあ？　あたしまだご飯食べ終わって……」

「じゃあ食ってろ！」

明良は新聞をカバンの中に放りこむと、玄関に向かって走っていった。

「なんなのよ、まったく！」

と言いながら、岬《みさき》も食事をやめて明良の後を追った。

学校のまわりには報道関係者らしい人物が何人か立っていて、門をくぐろうとする生徒にインタビューを試みていた。生徒指導《しどう》の教師が校門のそばに立って、「生徒はインタビューに答えないように」と拡声器でがなり立てている。

岬は通学途中、えんえんと質問をぶつけてきたが、明良はすべて聞き流していた。

明良が教室に近づくと、岡内《おかうち》が廊下で誰《だれ》かと話しているのが見えた。

「彼女、来てるぞ」

岡内がにやにやしながら近づいてきて明良に声をかける。

「誰《だれ》が」

「誰がじゃないだろ。ホラ」

岡内の後ろに御厨柊美の姿があった——明良に会いに来たのだった。顔色が青ざめている。

「ニュース見た？」

と、彼女は小声で言う。

「新聞で。会って話したいと思ってたんですよ」

「なに、話すのかな」

……と、言ったのは彼女ではなかった。二人が振り向くと岬たちがすぐ後ろで聞き耳を立てていた。

「あ、ごめんなさい。気にしないで」

と、岬《みさき》が言う。

「……お前ら、中入ってろ」

明良《あきら》が言うと岬たちはしぶしぶ姿を消した。

「朝のうちって図書室使えますか？」

「朝はムリだけど……ひょっとして新聞のバックナンバー？」

「ええ」

「昼休みに話さない？　図書室で。私、四時間目が自習だから、ちょっと抜けて前の新聞調べておく」

彼女はひそひそ声で言った。

「……そうですね」

確かに事件の時期も知らない明良がいちいち調べていたら時間がかかりすぎる。

「図書室の奥のテーブルに来て。あそこ、普段《ふだん》から人いないから」

「分かりました」

彼女は軽く手を振って離れていった。教室に入ると、例の事件のことで話はもちきりだった。

岬たちの話は明良と柊美《とうみ》のことでもちきりだったが——明良は不機嫌な顔で一切答えなかった。

がやがやしているうちにホームルームが始まった。担任は警察《けいさつ》以外からの質問に軽々しく答えないこと、なにか知っている人間は申し出るように、と言っていた。なにか知っている人間

——というところで明良はかすかに体を震《ふる》わせた。

明良は昼休みになるとすぐに図書室へ向かった。広い図書室の中は生徒もまばらで、参考書を広げている三年生がところどころにいる程度だった。

歴史書や哲学書が並ぶ、一番人気《ひとけ》のなさそうな一画で柊美が待っていた。彼女の目の前のテーブルには、急いで持ってきたらしい新聞が何部か置いてある。

「こんな事件が起こってるなんて、知らなかったですよ」

明良は彼女の向かいの椅子《いす》に腰を下ろしながら言う。

「ニュースなら全国でやってたと思うけど、聞いたことなかったの？」

「ニュースとかあまり見ないから」

殺人事件や事故の現場からの中継の映像を見ていると、死んだ者たちが映りこんでいるような気がする——それがいたたまれなかった。

明良は彼女の差し出した新聞を見る。

「見つかる範囲《はんい》で、顔写真が載ってた新聞を持ってきたんだけど」

日付は去年の十月からだった。どの新聞も「新しい犠牲《ぎせい》者発見される」とか「埋立地の惨劇《さんげき》再び」とかいった見出しが躍《おど》っている。

明良は顔写真を一枚一枚目を凝《こ》らして見る——どの顔もみんな見覚えがあった。

「全部、あのバスで見た顔ですよ」

死んだ犠牲者《ぎせい》たちは「幽霊《ゆうれい》」となって、あのバスに乗っているのだ。

「見つかる場所はいつも埋立地の真ん中で……あの、死に方もいつも一緒なの」

明良《あきら》は新聞をめくる。死因はいつも出血多量で、「喉《のど》を鋭利《えいり》な刃物のようなもので深く切り裂かれている」とある。

「埋立地の真ん中なのに、誰《だれ》の足跡も見つかってないのよ……死んだ人のも、犯人のも」

「車で運んだんじゃなくて？」

「埋立地には高い柵《さく》があるし、夜は入り口も厳重《げんじゅう》に閉まってるんですって」

明良は幽霊の乗ったバスを思い浮かべた。誰がなんのために犠牲者を殺しているのかは分からなかったが、あのバスが連れていくに違いない。

「……ここって昼間は工事やってるんですよね」

「多分ね」

「だったら、バスみたいな大型車のタイヤの痕跡《こんせき》がそばにあっても目立たないんじゃないですか？」

「でも、入り口は閉まってて……あ……」

柊美《とうみ》も気がついたようだった。あのバスは現れたり消えたりできるのだ。

「あいつがタイヤの跡なんか残すのかどうか、分からないですけどね」

明良はもう一度それぞれの新聞を確認した。

「これが事件の載ってる全部の新聞じゃないんですよね？」

「うん。とりあえず目についたのだけ持ってきたの」

明良はそれぞれの記事をじっくり見比べた。

「あれ……」


（……死亡推定時刻は昨夜午前十二時前後と見られている）

他《ほか》の記事を見ていくと、やはり同じような一文が入っている。

「どうしたの？」

「死亡推定時刻はいつも一緒ですね」

柊美も新聞を覗《のぞ》きこむ。

「……そういえば、そうね」

（どうしてだろう）

明良はなおも新聞を手にして考えこんでいたが――ふと顔を上げると、御厨《みくりや》柊美《とうみ》が彼の顔をじっと見ていた。

「なんですか？」

「……この前も言ったけど、警察《けいさつ》に届けた方がいいんじゃない？」

明良《あきら》は黙《だま》って頭をかいた。

「……人が死んでるのよ。最後に会ったのも私たちでしょう」

「『死んだ人たちが幽霊《ゆうれい》になって、現れたり消えたりするバスに乗っているのを見ました』って警察に言うんですか？　俺《おれ》たちが病院に連れてかれるのがオチですよ。根気よく説明すれば誰《だれ》かは信じてくれるかもしれないけど、そんなことに体力使ってるあいだにまた新しい事件が起こるだろうし」

「放っておけばいいってこと？」

「俺が一人で調べます。その方がまだマシだ」

「……あなたが一人で調べるつもりなの？」

「他《ほか》にこんなことやる奴《やつ》、いませんよ」

「……」

多少は尊敬のまなざしを期待していたが、そうはならなかった。むっとした顔で彼女は明良をにらんでいた。

「私も手伝っちゃダメってこと？」

（そうか）

明良は納得した。一人の方がいいと思っていたが——彼女も当事者なのだ。

「それはいいですけど……御厨《みくりや》さん三年でしょ」

「そういう問題じゃないでしょう？　私だって関係あるんだもの」

彼女はポケットから手帳を出してなにかを書きつけると、破って明良に渡した。電話番号だった。

「私の家の電話番号。なにかあったら電話して」

嬉《うれ》しい気持ちがなかったと言えば嘘《うそ》になる。女の子から電話番号を教えてもらうのは、どんな状況であれ悪い気分にはならなかった。

「いいんですか？」

「まずいけど……」

明良の浮かれた気持ちが吹っ飛んだ。

「生徒会の役員だって言えば多分取り次ぐから」

「生徒会？」

「私、去年は会計やってたから」

（そこまでして……）

それなりの覚悟でやってくれることなのだ。

「色々あって。監視《かんし》が厳《きび》しくなっちゃったの」

明良は「そうですか」とも「どうしてですか」とも言わなかった。彼も電話番号を教えたところで、昼休みの終わりを告げるチャイムが鳴った。二人は立ち上がった。

「私のウワサ、聞いた?」

図書室を出たところで、突然彼女は言う。明良《あきら》はどう答えたらいいか迷った。

「少しだけ」

「そう」

それ以上は話さなかった。彼女は去っていった。

7

「私は今、五人の犠牲《ぎせい》者が見つかった埋立地に来ています。ここは神岡《かみおか》ニュータウン建設予定地になっており、昼間は工事関係者が数多く出入りしていますが、夜中は人通りも完全になくなってしまいます……」

テレビの中でレポーターが歩きながら喋《しゃべ》っている。

「ずいぶん建物が出来てきたなあ」

明良の叔父《おじ》——道彦《みちひこ》が感心したように言った。

「あ、ホントだ。こないだ見た時はなんにもなかったのに」

岬《みさき》も言った。

「二人とも、そんなこと言ってる場合じゃないでしょ」

叔母《おば》が二人をたしなめた。岬と外見はそっくりだが、性格はおっとりしていた。明良は伯父の家で夕飯を食べていた。テレビを見るのは久し振りだった。彼の今住んでいる家にはテレビがないのだ。

「岬も女の子だし、気をつけてもらわないと」

「岬は平気だろ」

道彦はアルコールがだいぶ回っていて、ろれつが少し怪しくなっていた。

「危ないのは向こうの方だからな」

「そんなこと言って。なにかあったらどうするの」

「キンタマ蹴《け》りつぶすよ。あたしの黄金の右足が」

伯母は岬をにらんだが、道彦は大笑いしていた。岬の性格は父親譲《ゆず》りだった。

「その意気だ。がんばれよ」

叔母は諦《あきら》めた、という顔で明良の方を見た。

「明良、岬のことよく見ててね。なにするか分からない子だから」

「分かってる」

「お前も人のこと言えないだろ」と、道彦は急に真顔になって言った。

「最近、遅刻が多いんだってな」

「今日はしなかったよ」

と、明良《あきら》は受け流す。

「あたしが起こしたからじゃない」

岬《みさき》がすかさず口をはさんだ。

「……なんか変わったことでもあったのか？」

さりげない言い方だったが、明良はどきりとした。

「目覚まし時計が壊《こわ》れてただけだよ。新しいの買ったからもう大丈夫」

「学校にはちゃんと行くんだぞ。口うるさいと思うだろうが、兄さんは外国だし、今は俺《おれ》が親がわりみたいなもんだからな」

話の雲行きが怪しくなってきたので、明良は慌てて話題を変えた。

「そういえば、おじさん、あのじいさんの家って俺が相続したことになってるんだって？」

一瞬《いっしゅん》、ビールのビンを取ろうとした道彦《みちひこ》の動きが止まった。

「誰《だれ》から聞いた？」

「あたし」

と、岬は言う。道彦はちょっと眉《まゆ》を寄せて一人娘を見る。

「まあな。あの家はお前一人の名義だ……他《ほか》に財産なんかありゃしないけどな」

「どうして俺に」

「……さあ。あの親父《おやじ》の考えることだからなあ」

わずかな沈黙《ちんもく》が気になった。質問には答えているが、どうも触れたくない話題のようだ。

「明良には一回も会わなかったのにねえ」

叔母《おば》は首をかしげている。

（叔母さんはほんとに知らないみたいだな）

と、明良は思った。

「あんた、遺産《いさん》もらえただけいいんじゃない。うちなんか変な箱一つもらっただけだし」

岬が口をはさんだ。

「箱？」

「葬式の時に、お父さんがおじいちゃんの家から変な箱持って帰ってきたじゃない」

岬も叔母も気付かないようだったが——明良だけは道彦がはっと息を呑《の》んだのが分かった。

「そんなのあったか？」

「あったよ。あたしがそれなに、って聞いたら、うちで持ってなきゃいけないもんだとかなんとか」

いかにも思い出そうとしているという態度を装っていたが、今度の沈黙《ちんもく》はさっきよりも長かった。

「ああ、あれか……ただのガラクタだ。値打ちのあるもんはなにもない」

「なーんだ」

岬《みさき》は興味《きょうみ》を失ったらしく、テレビに視線を戻した。道彦が自分をちらりとうかがったのを明良《あきら》は見逃さなかった。

(なんかあるな)

と思ったが、そんなことをしつこく尋ねても仕方がないと明良は思った。例の事件の方がよほど気がかりだった。

山の上の家に帰ってから、明良は台所のテーブルで考えこんでいた。

幽霊《ゆうれい》の子供たちは床の上に座りこんで、なにやら話しこんでいる——「見える」だけで、明良には話の内容はまったく分からない。この二人もなにかの事情で死にきれなかったのだろう。事故やなにかの事件に巻きこまれて、天寿をまっとうできない人間が、幽霊になってしまうことが多い。

あのバスにいた三人の幽霊の女の子も、放っておけばバスに乗ったまま永遠に神岡《かみおか》町を回り続けるかもしれない。もう一人増えているだろうから、今は全部で四人だが……。

「あれ……?」

明良は思わず口に出していた。さっき見たテレビで「五人の犠牲者《ぎせい》」と言っていたはずだ。

慌てて新聞の山をかき回し、朝読んだ新聞を開いた。

（これまでにも四人の犠牲者が発見されており……）

明良は愕然《がくぜん》とした。すると今回で五人目ということになるが、バスの中で見た「幽霊」は確かに全部で三人だった——一人足りない。

昼間の図書室で見た新聞の内容を思い出す。あの時にもなにかがおかしい、と思っていたのだが、御厨《みくりや》柊美《とうみ》の見せてくれた新聞には「最初の犠牲者」についての記事がなかった。「見つかる範囲《はんい》で、顔写真の載っていた新聞」という彼女の言葉を思い浮かべた。

（全部の犠牲者が載っている新聞じゃなかったんだ）

明良は脱ぎ捨てた制服のポケットから彼女の書いたメモを取り出す。それから玄関に走っていき、クラシカルな黒電話で彼女の家の番号を回した。

「はい、御厨です」

彼女に似ているけれど違う声だ。多分、母親に違いない。

「夜分遅くに申し訳ありません。神岡北《かみおかきた》高校生徒会の神野《じんの》と申しますけれど、柊美さん、いらっしゃいますか」

「柊美にどういったご用件でしょうか」

口調は穏《おだ》やかだったが、警戒《けいかい》しているのは明らかだ。

「以前生徒会でお世話になったんですけど、提出する書類の件でちょっとお伺いしたいことがありまして」

舌をかみそうになりながら明良《あきら》は言いきった。もちろん「提出する書類」というのはでまかせだ。

「少々お待ちください」

保留のメロディが押される。なかなか彼女は出なかった。電話はまずかったか、と思い始めた時に彼女が電話口に出た。

「もしもし」

「すいません。神野《じんの》ですけど……話しても大丈夫ですか」

「平気よ。子機で私の部屋から話してるから」

「今日見せてくれた新聞って、全部じゃないって言ってましたよね」

「そう。とりあえず見つかる範囲《はんい》で、顔写真の載ってる新聞だけ持ってきたの……最初の被害者が見つかった時の新聞が見つからなくて」

「扱いが小さかったんですか？」

「ええ……自殺だって思われてたのよね。見つかった時の状況も他《ほか》の人とは違ってるし。ちょっと待ってね。うち、父が新聞の縮刷版《しゅくさつ》取ってるから、書斎に行くわね」

足音が聞こえる。コードレスの電話を使っているらしい。

「お父さん、なんのお仕事なんですか」

明良はふと浮かんだ疑問を口にする。

「大学教授。今日は学会で帰ってこないんだけど」

受話器の向こうからページをめくる音が聞こえてくる。

「えーとね、ちょっと待って……あった。富永和美《とみながかずみ》。西陵《せいりよう》高校の二年生。去年の八月のことだから、本当だったら私と同じ学年ね」

「死んだ状況が違うってどういうことですか？」

「この人、ナイフで喉《のど》を切って死んでるのよ。そのナイフもすぐそばに落ちてて……だから、未《いま》だにこの人もこの事件の犠牲《ぎせい》者かどうか警察《けいさつ》も疑問に思ってるみたい」

「この埋立地って、人が死にやすいとか……そういう場所なんですか」

「まさか。そんなことないと思うけど」

（じゃあ、偶然ってことはないだろうな）

この事件の発端と見るのが妥当だ――それなのに、あのバスに乗っていなかったのはどういうことだろう。

「その犠牲者から調べ始めた方がいいみたいですね……学校なら住所とかも分かるかな」

「でも、西陵には私が知ってる人っていないし……私たちが行ったら不自然でしょう」

ふと、明良の頭に作戦が浮かんだ。

「西陵《せいりょう》高校の制服って、黒の学ランですか」

「確かそうだけど……それがどうかしたの？」

「明日、学校休んでちょっと調べてきます」

受話器を置いてから、明良《あきら》はまだほどいていない荷物を引っかき回し始めた。

8

明良が西陵高校の前に立ったのはもうすぐ昼休みの時間という頃《ころ》だった。西陵高校は神岡町《かみおかちょう》の中でも一番古い学校で、コンクリートの校舎は薄汚《うすよご》れてところどころにヒビが入っている。

今日は自分の学校を休んでここに来ていた。朝、起こしに来た岬《みさき》をごまかすのは大変で、後から面倒なことになりそうだったが——とにかく、病欠ということで学校に届けてもらうことになっていた。

明良は黒の学ランを手にしている。転校する前まで着ていた制服だった。温かい日だったから、上着を脱いでいてもさほど目立つことはない。

本当は着ていなければならなかったのだけど、よく考えてみれば学校によって校章とボタンは違っている。

ここまでしてこの学校に来たのは二つ理由がある。一つは富永和美《とみながかずみ》——最初の犠牲者《ぎせいしゃ》——の顔をきちんと確認すること、もう一つは彼女の情報を集めることだ。

校舎の玄関に立つと、古い校舎独特の微妙な匂《にお》いがした。明良は愛想のない木製の下駄箱の前に立ち——休んでいる奴《やつ》の上履《うわば》きを取り出した。

(悪いけど、ちょっと借りるぜ)

自分の靴《くつ》はバッグの中に押しこむ。その足ですぐ購買部《こうばい》に向かった。白い制服を着た年齢《ねんれい》不祥のおばさんがパンを並べている。授業の終わりのチャイムが鳴り始める頃で、やがてここも戦場と化すはずだ。

明良はパンと一緒に文房具や校章やボタンが並んでいるのを確認する。

「それ、ください」

明良は校章とボタンを指差す。一そろいいきなり買うのは不自然なはずだが、忙しい彼女はそれどころではないらしく、疑いもせずに売ってくれた。

それから彼はトイレの個室に入った。持ってきた制服にボタンを一つ一つつけていく。裏側から安全ピンで留めるだけだった。校章も襟元《えりもと》に止める。

トイレの鏡《かがみ》で自分の姿を確認する。「変装」は完璧《かんぺき》だった。まず、よその学校の生徒だとは思われないだろう。

「去年の学生名簿《めいぼ》ってどこですか」

明良《あきら》は図書室のカウンターの前にいた。女の司書がカードを整理していた——最近では端末で蔵書を管理しているところが増えているはずだけど、この学校ではそんな様子はない。

「去年配られたでしょう?」

司書は顔も上げずに言う。カウンターの後ろに名簿《めいぼ》が並んでいるのが明良にも見えた。

「どうしても今、去年の卒業生に連絡しなきゃいけなくて」

「家で電話しなさい」

「今、連絡しないとマズイんですよ」

司書はだるそうに後ろを向くと、一冊抜き出してカウンターにぽんと置いた。

「早く返しなさいよ」

「ありがとうございます」

顔をひきつらせながら明良は礼を言う。ここで腹を立てるわけにはいかない。

カウンターの端で二年のページを開く。運のいいことに学生名簿には一枚ずつ写真がついていた。他《ほか》のもので写真を確認する手間が省けた。

手早く女子のページだけを確認していく——が、どのクラスにも「富永和美《とみながかずみ》」の名前は見当たらなかった。

「まだなの?」

この司書に尋ねてみようか迷ったが、やめておいた。疑問を持たれるとまずい。

「もうちょっと待ってください」

明良は女子のページをもう一度最初からめくり直そうとして——ふと、明良はこの事件で二回目の勘違いに気付いた。

今度は男子のページをめくった。彼——富永和美の写真はすぐに見つかった。和美は男の名前だった。とりたてて特徴のない外見だが、明良には忘れられない顔だった。

あのバスの運転手だ。

「見つかったー？」

司書の声で明良は我に返り、住所を素早く写す——部活は美術部所属で、部長と書いてある。それもメモに書きこんだ。とりあえず第一の目的は達した。事件のカギを握っているのはやはりこの富永和美と考えて間違いなさそうだった。あまり態度のよくない司書に名簿を返して、図書室から出た。

廊下には新入生勧誘のための各部のポスターがずらりと貼《は》ってある。明良は一枚一枚確認していき、やがて美術部のポスターに目を止めた。活動場所は二階美術準備室。新入生のために校内の地図までついている。

（これだけで帰っちまうのももったいないな）

明良《あきら》は美術部の様子を見に行くことにした。二階に上がると、どこかから低く音楽が聞こえてきた。ずいぶん昔の曲だった。

「イアン・コートニーだ」

思わず口に出して、明良はちょっと顔をほころばせた。六〇年代のあまり有名でないアーティストだが、けっこういい曲を残している。

(こんな古いロック聴く奴《やつ》、いるんだな)

なんとなく音楽の方に歩いていくと、とあるドアの前にたどりついた。プレートを見るとそこが「美術準備室」だった。

「新入生?……じゃ、ないみたい……ですね」

急に横から話しかけられた。振り向くと、ポットを手にした女子生徒が立っている。

「なにかご用ですか?」

彼女は明良の上履《うわば》きを見ながら言っていた。たいていの学校は学年別に上履きの色が違っている。彼が借りたのは三年生のもののようだ。

「ブラブラしてたら、ちょうど音楽が聞こえたもんだからさ。ヒマつぶしだよ」

「そうですか……」

彼女は美術準備室のドアを開けた。

「なにしてるの」

「え？」

「ポット、なんに使うのかなと思って」

「あ、これ……」

彼女は笑いながら顔を赤くした。いい子だな、と明良は思った。

「入部希望の一年生が来たら、お茶いれようと思って」

明良は室内をのぞきこむ。誰《だれ》もいなかった。

「他《ほか》の部員は？」

「卒業したり、やめちゃったりで、残ったのはあたしだけ」

「君はやめないの？」

「一応部長だし」

去年の部長が死んで引き受けるハメになった、というところだろう。

「お茶飲んでいきませんか？」

「いいの？」

「一人で待ってるとなんかヘンな感じだし」

イーゼルやスケッチ用の石像が並べられている準備室で、明良たちは椅子《いす》に座って向かい合った。彼女は紅茶をいれてくれた。

「名前なんていうの？」

「佐原郁美《さはらいくみ》です」

二人はしばらく黙《だま》って紅茶を飲んだ。

音楽はすぐそばのMDラジカセから流れている。イアン・コートニーの別の曲がかかっていた。曲の年代がバラバラだった。おそらくベスト盤《ばん》かなにかだろう。

(このまま和んでる場合じゃないぞ)

どう切り出そうか。意味もなくカップの中を見つめていると、突然彼女が話しかけてきた。

「あの、先…輩《せん…ぱい》、ホントはうちの学校の人じゃないですよね」

明良《あきら》は紅茶を吹かないように苦労した。慌てて郁美の顔を見たが、非難の色はなかった。

「どうして分かったの？」

あっさり認めたのは賭《か》けだった。その方が話が聞きやすくなるような気がしたし――それに正直なところ、この子にはあまり嘘《うそ》をつきたくなかった。

「ここの部に部員があたししかいないってこと、この学校の生徒だったら、知らない人いないし……」

確かにこれだけの事件になれば、相当噂話《うわさばなし》のネタにされたはずだった。部員がばたばたやめていったことも知れ渡っていただろう。

(変装以前の問題だな)と明良は思った。

「俺《おれ》、この事件を調べてるんだ」

「警察《けいさつ》の人、ですか」

「違うよ。ホントは北高《きた》の二年。普通の高校生だよ」

「どうして調べるんですか？」

「こないだ死んだ子に、最後に会ったの俺だったんだ。気になって仕方がなくて、自分でも調べようと思って」

全部は話していないが、嘘はついていなかった。

「あたしと同じですね」

彼女はぼそっと言った。

「死ぬ前の富永《とみなが》先輩を最後に見たの、あたしなんです」

死んだ後に明良は会っているが——それは話すわけにいかなかった。

「なんか、変わったことってあった？……事件の起こる前に」

彼女は言っていいものかどうか迷っている様子だった。

「いなくなる前の日曜に、一緒にスケッチに行く約束してたんです」

（デートか）

多分、二人は付き合っていたのだろう。明良は頷《うなず》いて先を促した。

「待ち合わせしてたんだけど来なくて……次の日、学校で聞いたら、『バスに乗った』って」

明良の背筋にひやりとしたものが流れた。

「バスに乗って、どこに行ったって？」

「分からないんです。そしたら急に、『朝、行き先のないバスに乗りたいと思ったことないか』って。私、ワケが分からなくて……腹も立ってたから、そんなこと考えたことないって言ったんです」

行き先のないバス——あの運転手が口にした言葉とまったく同じだった。

「あたし、それっきり先輩《せんぱい》とは連絡取らなくて……でも何日かして、学校に行く途中で先輩に会いました。朝なのに、学校の方から歩いてきたんです」

「彼は帰るところだったの？」

「よく分からないけど……すごくにこにこしてて、もう悩みなんかないって顔で……あたし、なんかいいことあったのかなって思いながら見送ったんです。ケンカしたけど、今晩電話してみようって思って……それで電話したら、家には帰ってなくて、次の日はもう……」

彼女は両手にカップを包みこんで、中をじっとのぞきこんでいた。

「あたし、富永《とみなが》先輩のことなんにも分かってなくて……落ちついてて、頭が良さそうで……お兄さんみたいな感じで付き合ってたんです。でも、ホントはきっと悩んでたんですよね。今もし会えたら、彼の気持ちももっと分かるかもって思うんです」

明良《あきら》は口を開きかけ——出かかった言葉を飲みこんだ。口にしたのは全然違うことだった。

「彼の描《か》いた絵とか、残ってる？」

彼女は頷《うなず》いて立ち上がった。棚からスケッチブックを出す。どこにあるのか探す様子はなかった――しょっちゅう出して開いているのだろう。

「これです」

明良はぱらぱらとめくっていった。軽いタッチで描かれたものがほとんどで、人物画よりも風景画が多い。美術部の部長だけあってそれなりによく描けていた。

最後のページで明良は手を止める。それまでとは違って、紙全体が真っ黒になるまで描きこまれていた。

海岸沿いらしい絵がそこにあった。切り立った崖《がけ》に沿って道路がうねっている。奥の方の岬には灯台が見えた。

「変わった絵だね」

「多分、最後の日曜に描いた絵だと思います」

(「バスに乗った」日か)

「これ、どこの場所だか分かる?」

「さあ……よく分からないけど、昔の風景みたいなんですよね」

「昔って?」

「灯台がここにありますよね。これって、もう何年も前に壊《こわ》されてるんです。海沿いで工事が始まった時に」

「これ、コピー取っていいかな」

「いいですよ」

彼女は準備室の隅にあるコピー機でコピーを取ってくれた。明良《あきら》は出来を確かめてから、畳んでポケットに入れる。

昼休みの終わりを告げるチャイムが鳴った。

「そろそろ行かないと。お茶、ごちそうさま」

明良は立ち上がった。

「名前、なんていうんですか」

と、郁美《いくみ》は言った。自分が名乗っていなかったことを明良は思い出した。

「神野《じんの》明良」

「さっき、先輩《せんぱい》が来た時」

佐原郁美は言った。本当は先輩ではなかったが、一度敬語で話し出したせいでクセが抜けないらしかった。

「富永《とみなが》先輩が帰ってきたみたいな気がしたんです……ヘンですよね。全然違う人なのに」

「俺《おれ》と似てる？」

「似てないんですけど、雰囲気かなあ……普通の人となんか違うっていうか」

「俺は普通の人間だよ……大して違ってるところもないし」

「え？」

郁美が聞き返してきたので、彼は少しあわてた。

「コートニー好きなんだ」

話をそらそうと、ＭＤラジカセの方を見ながら言った。

「これ、先輩が好きだった曲なんです」

「いい曲だよな？」

「曲名とか、全然知らないんです。ＭＤ貸してくれたんだけど、聞きそびれちゃって……なんて曲なんですか」

「『エンド・オブ・ザ・ワールド』」

曲名を知ったのは最近だったが、子供の頃《ころ》から明良も好きな曲だった。

「どういう歌詞なんですか？」

「彼女がいなくなって……世界の果てにいるような気がしてる男の歌」

廊下を歩く足音も聞こえなくなった。授業が始まる前に退散しなければならない。

「じゃあ……」

明良は立ち上がってドアに向かった。もやもやしたものが胸にわだかまっていた。取っ手に手をかけてから、彼は突然振り返った。

「死んだ人間に会ったって、相手の気持ちが分かるとは限らない……分からないものは分からないんだ」

郁美《いくみ》はしばらく明良《あきら》の顔を見つめていたが、やがて静かに言った。

「……悩む必要ないってことですか？」

「知れば知るほど分からなくなることもある。知らなければよかったって思うこともあるかもしれないぜ」

明良は不気味なバスの運転手を思い出していた。他《ほか》の犠牲《ぎせい》者を殺したのは、富永和美《とみながかずみ》かもしれなかった。

「分からないことって、きっと終わりがないんですよね」

彼女は遠い目つきをしながら言った。

「……でも、もっと分からなくなっても、それでも知りたいんです」

すべてを打ち明けたい欲求にかられたが、明良は危うく踏みとどまった。

「ヘンだと思います？」

「いや……そんなことないよ」

明良はドアを開けて出ていった。廊下を歩くにつれて「エンド・オブ・ザ・ワールド」が遠ざかっていった。

9

次の日の昼休み、明良は学校の屋上にある給水塔の裏にいた。屋上は比較的自由に出入りできる。金網がぐるりとはりめぐらされているけど、ベンチ一つあるわけではないから、普段《ふだん》からあまり人気《ひとけ》はない。それに五月にしては風の強い日だった。

給水塔の裏は穴場のような場所で、ぐるりと回ってこなければ誰《だれ》にも気付かれない。何人もたむろすには狭すぎるし、一人で静かに過ごすには絶好の場所だった。

御厨《みくりや》柊美《とうみ》と色々話したいことはあったが、今日は休みだった。

明良は神岡《かみおか》町の地図を膝《ひざ》の上に広げていた。マーカーでまず埋立地に大きな丸をつけ、それから被害者の自宅をチェックして、日付を書きこんでいく。

被害者は全員、朝学校に行くために家を出て姿を消していた。明良と同じように、自宅のそばであのバスに遭遇したと考えてまず間違いなかった。

作業を終えてから、地図全体を見る――被害者の家の場所はバラバラだった。新《しん》町の新興《しんこう》住宅地に住んでいる普通の高校生も、元《もと》町の古い病院の娘もいる。場所に偏りがあれば、バスのルートを少しは割り出すことが出来るかもしれないと考えていたが、期待外れだった。

（ん……？）

明良《あきら》はもう一度地図を見る。最初の被害者の家と、埋立地からの距離を指ではかった。次の被害者の家にも同じことをする。

「離れていってるのか……」

思わず口に出していた。事件が最近のものになるにつれて、被害者の家は埋立地から遠ざかっている。

（これってひょっとすると……）

「ちょっと麻衣《まい》、風強くない？」

「えーでも、気持ちいいし」

不意に女の子たちの声が、明良《あきら》のいる給水塔の方に近づいてきた。

「ここがいいんじゃない」

と、別の声が言う。どうやら三人いるようだ。もちろん彼には気付いていない。給水塔の反対側のでっぱりに腰を下ろした気配があった。

明良は無視して考えごとを続けようとしていたが、そのうちの一人の声がうるさすぎて耳についてきた。その声の持ち主は噂話《うわさばなし》が好きらしかった――教師がどうとか、あのクラスの誰《だれ》がどうとか、際限なく喋《しゃべ》り続けている。時々予備校の話が出るところをみると、三年生らしい。

他《ほか》の二人は相槌《あいづち》を打っているだけだったが、急に話がぶつっと途切れた。噂好きの女子が口をつぐんだらしい。

「あーあ。退屈だなあ」

　と、彼女は言った。

「どこか行きたいなあ。学校サボってさあ」

「そういえば御厨《みくりや》さんって今日どうしたの。学校来てないけど」

　退散しようと地図を丸めていた明良の動きが止まった。

「あー、あいつ？　どうせ生理でしょ。ホントかどうか知らないけどさあ」

　罪悪感にとらわれるには十分な内容だった。放っておくとどんな話が始まるか分からない。とにかくこの場を離れた方がよさそうだった。

「またオトコとどっか行ってんのかもしれないし」

「まさか。そんな様子ないじゃん」

　沈黙《ちんもく》。明良は立ち上がった。いいタイミングだと思ったところで、また話が始まった。

「でも最近、昼休み教室にいないよね」

「あー、ソレなんだけど。こないださあ、見ちゃったのよ」

　例の一番うるさい声がごにょごにょと呟《つぶや》く。

「ウソ！」

「年下？」

どうも明良《あきら》の話をしているらしかった。ますます出ていきづらい。

「いいのー、それ。大丈夫なワケ？」

「今度バレたらホントに退学でしょ。田沼《たぬま》とかうるさいし」

田沼、という名前には明良も聞き覚えがあった。生徒指導《しどう》の教師で、彼女を退学させようと躍起《やっき》になったという話だ。

「実はもう知ってんだよね。うちの部の顧問《こもん》って田沼でしょ。この前『御厨《みくりや》はどうしてる』って聞かれてさあ、そのこと教えちゃった」

「うわ……」

さすがに他《ほか》の二人は引いたらしい。

「そこまでしなくていいんじゃないの」

「別になんか悪いコトしてるわけじゃないんだしさ」

風向きが悪くなったのを察したのか、彼女は慌てたようだった。

「悪いことしてないんだったら、別に言ってもいいじゃない。聞かれたから言っただけだし」

（タチ悪い女）

と、明良は思った。腹が立って仕方がなかった。

「そういえばあの子の手、見たことある？」

明良ははっと息をのんだ。

「あの手袋してる方？　ちっちゃい頃《ころ》のヤケドでしょ」

「違うんだ、それが。あたし見せてもらったことあるんだけど、そんなモンじゃないの」

手袋を外して見せたということは、御厨柊美《とうみ》はこの女を信用しているはずだった。頭にかっと血が上った。

明良はかつん、とわざと足音を立てて、給水塔をぐるりと回って出ていった。

女の子が三人並んで弁当箱を広げていた。うすうす分かっていた通り、真ん中にいるメガネをかけた女子生徒には見覚えがあった。渡り廊下で御厨柊美に声をかけた女だ。明良の姿に心底驚《おどろ》いたようで、口を開けたまま硬直していた。

「続きはどうしたんだ。話せよ」

「あ……あんた、ずっと盗み聞きしてたの」

「勝手にあんたが話してたんだろ」

他の二人はバツが悪そうにうつむいている。

「お前、人間のクズだな」

明良は背中を向けて歩き出した。同じ空気を吸っていることすら不愉快だった。

「今聞いたこと、柊美に話すの？」

低い声で彼女は言った。明良は答えなかった。

「あんたたちのこと、みんなにバラすわよ！」

ちょっとやめなよ、と友達に言われながら彼女は叫んだ。明良《あきら》は振り返って彼女の顔を見る。

(こんな奴《やつ》が生きてやがる)

彼はぎりっと奥歯をかんだ。

「お前みたいなヤツが死ねばいいんだ」

この時のことがこの彼女——安田《やすだ》麻衣《まい》に重大な影響《えいきょう》を与えることになったのだが、明良はしばらくそれに気がつかなかった。


その日家に戻ると、白いハイネックのセーターにデニムのスカート姿の背の高い女の子が門の前に立っていた。

「……御厨《みくりや》さん」

制服を着ていない姿を見るのは初めてで、一瞬《いっしゅん》誰《だれ》だか分からなかった。

「ずいぶん高いところに家があるのね」

にこにこしながら彼女は言った。風が吹いて、前髪をかき上げる——やはり白い手袋をはめていた。

「どうしたんですか？　こんなところまで」

「ちょっと話があって来たの」

「今日休みでしたよね」

「うん……寝てたんだけど、午後になってだいぶよくなったから」

まだ顔色があまりよくない。具合の悪くなった理由はあまり考えないでおいた。

「……とにかく、中どうぞ」

明良は玄関の引き戸を開けた。岬《みさき》をのぞけば初めて女の子を家に上げるわけだったが、あまり緊張《きんちょう》感はなかった。

御厨柊美《とうみ》は一歩家の中に入って、それから急に驚《おどろ》いたように自分の右手を見下ろした
「どうかしました？」

「ううん。別に。古い家ね」

「祖父が昔建てたんですよ。不便でしょうがないんですけど」

明良は廊下を先に立って歩き、仏壇《ぶつだん》のある部屋に彼女を通した――そこが客間だった。

座卓の上に、封をしていないビンやら薬品が置かれていた。

「すいません、散らかってて」

明良《あきら》は慌てて片付けながら言った――彼女は気にした様子もなく、鴨居《かもい》にかけられた写真を見ていた。

「あれがおじいさんなの？」

彼女はサングラス・横向きの祖父の写真を指差した。

「そう。態度悪いですよね」

「神野《じんの》君っておじいさんそっくりなのね」

「は？」

明良《あきら》は写真を確認した──今まで考えたこともなかったが、言われてみればそんな気もする。

二人は座卓をはさんで向かい合った。彼女は膝《ひざ》の上で軽く手をくんでいる。昼間聞いたあの話が明良の頭から離れなかったが、話すわけにはいかない。

（それじゃ、あの女と同じだ）

「西陵《せいりょう》でなにか分かった？」

明良は彼女に西陵高校で起こったことをかいつまんで説明した。

「最初から整理すると」

と、明良は言った。

「この町の中を『行き先のないバス』が走ってます。高校生を乗せて、埋立地で喉《のど》を切り裂いて殺してる。運転してるのは最初に埋立地で自殺した富永和美《とみながかずみ》です。奴《やつ》が元凶なのか、奴がなにかに取りつかれてるのか、どっちかは分からないけど、もう奴は普通の人間じゃないし、ただの幽霊《ゆうれい》でもない」

「……そのどちらでもないもの、ってなんなのかしら」

「怪物……かな」

口にしてみるとまったく現実感のない言葉だったが、他《ほか》に表現のしようがない。

「でも、どうやってあのバスは犠牲者《ぎせい》を選んでるの？」

「バスに乗る人間には共通点がある……あの運転手の話からすると『行き先のないバス』に乗りたがってる人間ってことらしい。それがなんなのか俺《おれ》にもよく分からないけど、とにかくあのバスに共鳴する人間の前で、あいつは実体化するんじゃないかと思う」

「それって神野君にも共通点があったっていうこと？」

「俺には目のこともあるし……多分、奴に共鳴しやすいんだと思う」

（普通の人となんか違ってるっていうか）

と言った佐原郁美《さはらいくみ》の言葉が頭に蘇《よみがえ》った。

「神野君、気がついてないの？」

「なんですか？」

「それなら私にバスが見えたのも、理由があるはずじゃない」

「あ……そうか」

明良は首をひねった。

（御厨《みくりや》さんに幽霊が「見える」ってわけじゃ……）

「この家に、子供が二人いるでしょう」

突然、彼女は言った。

「え……」

「幽霊《ゆうれい》の子供たち。違う？」

明良《あきら》は心底驚《おどろ》いて——反射的に彼女の目を確認する。

「そうじゃないの。見えるわけじゃなくて」

彼女は膝《ひざ》の上から自分の右手を出した。

「さっきから、誰《だれ》かが私に触ってるの。小さな子供の手。多分、二人いると思う」

「それって……」

「私にもあなたと似たような能力があるんだと思う。私は見るんじゃなくて、この手で触ることができるの」

「……」

「最初、神野《じんの》君に会った時から、そうじゃないかなって思ってた……この人も私と似てるのかもしれないって。でも、隠してたの……ごめんなさい」

明良は手袋をはめた右手をじっと見ていた——ほっそりした小さな手だった。

「この手袋ね、家の外ではほとんど外したことがないの」

彼女の声にはかすかな苦味がこめられていた。

それから手袋のすそに手をかける。それからしばらく躊躇《ちゆうちょ》して——勇気をふりしぼるように、するりと全部抜き取った。

御厨《みくりや》柊美《とうみ》の掌《てのひら》には、大きな紫色の痣《あざ》があった。

「同じ色ですね」ようやく明良は言った。「俺《おれ》の目と」

Dark Violets

Ⅱ・御厨柊美

10

御厨《みくりや》柊美《とうみ》は近所でも評判の「いい子」だった。

大人《おとな》しくて礼儀《れいぎ》正しくて誰《だれ》にでも優しい子供。学校の成績はよかったし、大人の手をわずらわせることはほとんどなかった。

彼女の右手の手袋に目を留めても、すぐに忘れてしまう。「いい子」が不思議な手袋をしている、ぐらいの認識だった。

しかし、彼女の世界は右手を中心に回っていた。

右手には時々不思議なことが起こった。暗がりを歩いていると、見えない誰《だれ》かに右手を握り締《し》められるのだ。

両親に連れられて一度病院にも――明良《あきら》と違ってひとまず外科に――行ったけど、明るいところで右手をまじまじと見られるので怯《おび》えてしまった。それからは、同じことが起こっても誰にも話さないようになった。

(いい子でなければ怖がられる)

という不安を幼い彼女が抱えていることを周囲の誰も気付かなかった。

学校では誰とでも仲がよかった。時々、彼女の手袋を外そうといたずらを仕掛ける男の子はいたけれど、すぐ周囲に止められることになった。

柊美を受け持つ教師たちは「うちのクラスはうまくいっている」という風に満足するのが常だった。その裏で、彼女が苦労に苦労を重ねていたことはほとんど誰も知らなかった。

彼女は定期的に学校を休んだ。理由ははっきりしないが、なんとなく行く気が失《う》せるのだ。そういう時はたいてい、近くに住んでいる祖母の家ですごした。祖母は彼女が物心ついた時から一人で住んでいた。

祖母の掌《てのひら》にも、柊美と同じようなに大きな痣《あざ》があった。

二人はなにもせずに過ごした。柊美は自分の悩み——目に見えない誰かが触ってきたりするような——を相談しなかったし、祖母の方もどうして学校に行かないのか、とも言わなかった。二人で一緒にいるとそれはごく当たり前の、大して気に留める必要もないことのように思えた。

二、三日すると元気にまた家と学校へ戻った。両親は彼女が「時々おかしくなる」とは思っていたが、それは右手がもたらす「ちょっとした」ストレスなのだと思っていた。

両親すら知る由もなかったが、柊美が本当の意味で安らぐのは祖母の家だけだった。そこがこの世界で、唯一手袋をしなくてもよい場所だった。

家族以外の他人で柊美の右手を見た者は、明良以外では二人しかいない。一度目は中学生の頃《ころ》、友達の安田麻衣《やすだまい》に「秘密を打ち明けるつもり」で見せたのだった。

麻衣とはその頃が一番仲がよかった――無口な柊美《とうみ》とは正反対によく喋《しゃべ》る性格だった。噂《うわさ》好きで感情の起伏が激しいのは気になったけど、柊美は麻衣のことを信頼していた。

二人の仲がおかしくなったのは、恋愛が原因だった。

柊美は男子生徒から時々告白されていたけど、まったく寄せつけなかった。場合によっては一回か二回デートした後に、結局断っていった。

例外なく彼らは御厨《みくりや》柊美を「優しくて控えめないい子」だと思っていて、彼女はいつも緊《きん》張《ちょう》していなければならなかったからだ。

柊美が断った男子生徒の中には、麻衣が好きだった相手が何人か含まれていた――もともと惚《ほ》れっぽい性格で、自分たちの視界にいる男の子を片っ端から好きになって、片っ端から断られていった。

彼らは柊美目当てで二人のまわりをうろうろしていたわけだから、当然のなりゆきだったし――柊美にしてみれば、フラれてもすぐ別の男子を好きになる麻衣はちょっと理解できなかったのだ。

麻衣からすれば、彼女が望むものを柊美は片っ端からドブに捨てているように見えた。彼女が威勢のいい玉砕《ぎょくさい》を繰《く》り返すうちに、二人の仲はどことなくよそよそしいものに変わっていった。

決定的だったのは柊美が男とホテルに行ったことがバレて、停学になった後だった。

「柊美も誰《だれ》か好きになることってあるんだね」

麻衣は柊美から恋人の話を聞いていないことにショックを受けたらしかった。

「誰だったの、ホテル行ったカレって」

「どうでもいい人」

「どうでもよくないじゃん。好きだからホテル行ったんじゃないの？」

「行ったけど、どうでもいい人だったの」

柊美には精一杯の説明だったけれど——麻衣はそれを嘘《うそ》と取った。

二人は相変わらず同じクラスにいて、それなりに付き合っていたけれど、以前のようになんでも話しあうという感じではなくなってしまった。


柊美が右手を見せた二人目はその彼だった。恋人ができたのは高校一年の秋だった。

彼女は生徒会の会計についていた。皮肉なことに推薦《すいせん》したのは、後に彼女を退学させようとした生徒指導《しどう》教師の田沼《たぬま》だった。

本当は副会長に、ということだったが、目立つポストは「嫌われる」もとだと思ったので断っていた。

会長はあまり仕事をしなかった。明るい性格なので好かれてはいたが、執行部での評判はあまりよくはなかった。他《ほか》に誰《だれ》も立候補しなかったので、流れで信任されてしまったのだった。

それでも十分やっていけた——生徒会の執行部がなにをやっているか、普段《ふだん》はほとんど誰も興味《きょうみ》を持たないものだからだ。

ある放課後、生徒会室で二人きりになった。彼女は古いパソコンに向かって仕事をしていて、生徒会長の方は——ただひまつぶしをしていた。

「どうしてそんなに一生懸命《いっしょうけんめい》仕事するの？」

彼は突然話しかけてきた。

「それ、別にもっと先でもいいんだろ」

彼女がやっていたのは文化祭の経費の打ちこみだった。

「そうですけど……」

「御厨《みくりや》ってさ、なんかムリして仕事探してる感じがするんだよな」

彼女は自分の顔が赤くなるのを感じた。ちがう、とは言えなかった。

「……そうかもしれないです」

彼の方は生真面目《きまじめ》な会計をからかっただけのつもりだった。予想とは全然違う反応が返ってきたので、ちょっと目を見張った。

「なんでそんなことしてんの」

「なんか……こうしてないと嫌われるような気がして」

素直に口にしてしまったのは、隙《すき》だらけで緊張《きんちょう》感のない相手だったからかもしれない。

「誰に嫌われるの？」

「誰ってわけじゃないんですけど……」

彼は初めてこの「生真面目な会計」がかなりの美人だということに気付いた。

「なにがあんのか知らないけど、嫌われるようには見えないなあ」

「そんなことないですよ」

無意識のうちに、彼女は手袋をはめた右手を膝《ひざ》の上に隠していた。

「俺《おれ》は嫌わないよ」

きっぱり言ったのは深い意味を考えなかったからだが——柊美《とうみ》はその一言で恋に落ちた。

ほどなく二人は付き合うようになった。柊美から告白したのだった。

仮にも男女交際禁止を校則にうたっていて、二人はその生徒会の執行部である。慎重に慎重を重ねたけれど、いずれにせよ周囲にはそんな気配は伝わらなかった。

生徒会長と会計が生徒会室に一緒にいても、電話で連絡を取り合っていても不思議はなかった。

柊美は彼を信用していた。いい加減なところや、人の話をちゃんと聞かないところもよい意味にしか受けとっていなかった。

（この人は大らかなんだ）

と思っていた。

二人は親密さを増していった。男の方が求めてくるものを、彼女は少しずつ明け渡していった。「二人で特別なことをする」という興奮《こうふん》がますます相手の本当の姿を見えにくいものにしていた。すべてが信用の延長線上にあった。

落ちついた外見よりも彼女はずっと舞い上がっていた。ホテルに入ろうと言われた時に頷《うなず》いたのも、セックスもまた信用のうちにあったからだ。

ホテルに入って、手袋の下を見てほしいと言ったのは柊美《とうみ》だった。

彼女は相手を信用していたので――彼がちょっとためらったことには気付かなかった。

それはちょっとした手続きのはずだった。そんなもの気にしない、という答えを彼女は期待していたし、男の方も一応はそう答えるつもりでいた。

柊美はあっさり手袋を取った――一年後に、明良《あきら》の前で同じことをした時とは違って笑ってさえいた。しかし――

「なんだよ、これ」

掌《てのひら》に深く染みこんだ痣《あざ》を目にして、男は嫌悪を隠そうともしなかった。

彼が気楽でいられたのは度量が大きかったからではなくて、度量を試される機会が今までなかっただけの話だった。

「なんかの病気じゃないんだよな」

「ううん……違う」

「じゃ、手術とかで消せばいいじゃん」

「病院にも何度かいったんだけど、そういうのはうまく行かないんだって」

沈黙《ちんもく》が流れた。彼女は不安になってきて、おずおずと彼の手に触ろうとする——男の手がすっと引いた。

「なんかきったねえ感じだよな、その手」

彼女の顔から表情が消えた。男には分からない変化だったが、彼女の中ではなにもかも変わっていた。

「手袋、した方がいい？」

「その方がいいな」

彼女は元のように手袋をした。涙は出なかった。傷ついた自分を遠くから眺めているような、不思議な気持ちだった。

「こっち来いよ」

なにもかもこれで元通り、というように、ベッドの上から男は手を差し出してきた。避《よ》ける間もなく引き寄せられて、スカートをまくり上げられそうになった。

「手袋は取らないで、服だけ脱ぐの？」

男の手が止まった。彼女の暗い声に驚《おどろ》いたようだった——が、すぐに気を取り直して同じことを続けようとした。彼女は抵抗した。最後には相手を突き飛ばして立ち上がった。

「私、帰る」

「さっき入ったばっかりだろ」

「でも、帰る」

今すぐ帰って、お風呂《ふろ》に入りたい。学校にもしばらく行きたくない。

(おばあちゃんの家に行きたい)

それはかなわない願いだった。祖母の家はもう何年も前になくなっていた。

ホテルから出てきた時、目の前を通りすぎていった車が突然停止した。降りてきたのは生徒指導《しどう》の田沼《たぬま》だった。

「あ……」

彼女はさほど驚かなかった。すべてが悪い方向へ回り始めたような気がしていたからだ。やっぱり、という気持ちだった。

彼女は逃げ出そうとは思わなかったが、男は駆け出していた。彼女はぼんやりそれを見送った——自分が置き去りにされた、とも思わなかった。もうどうでもいい存在だったからだ。

そのまま教師の車で自宅まで送り届けられた。両親は教師の話に心底驚いた様子だった。誰《だれ》とホテルにいたのかさんざん問い詰められたけれど、最後までなにも言わなかった。

沈黙《ちんもく》が彼女の新しい武器だった。


柊美《とうみ》は次の日、病院の祖母のところへ行った。

「おばあちゃん、私ね、好きな人がいたの」

祖母はもう彼女の話を聞ける状態ではなかった。しばらく前から、孫の顔も思い出せないようになっていた。

「でもなんだかもう分からない。好きだったこともよく思い出せないし、どうしてそうなったのかも忘れちゃった。もう誰のことも好きにならない気がする。死のうとかそんなこと考えてるんじゃないけど……でもなんか、すごく疲れた感じ」

ベッドから小さな声が聞こえる。柊美は祖母の口元に耳を近づけた。

月の砂漠をはるばると
旅の駱駝《らくだ》がゆきました
金と銀とのくら置いて
二つならんでゆきました

小さい頃《ころ》、縁側《えんがわ》でこれを歌ってくれたような気がする。悲しくてきれいな歌だった。

＊

週明けに柊美《とうみ》は学校に呼び出された。会議室には校長をはじめとしてずらりと教師が並んでいた。誰《だれ》とホテルにいたのか、教師の顔を見て逃げ出した男が何者だったのかに質問が集中した。

「誰だか知りません」

「知らない相手とホテルに入ったのか？」

「……………」

その場にいた誰もがそんなことを信じていなかった。男は教師の顔を見たとたんに逃げ出したのだ。教師を知っている——つまりこの学校の生徒、ということになる。

「名前は憶《おぼ》えていません」

「反省していないから庇《かば》うんだろう」

「もう憶えていないんです」

「付き合っていたんじゃないのか」

「付き合ってました。でも、もう憶えてません」

「どういう意味なんだ。憶えていないというのは」

「どうでもいいんです。だから、もう憶えていません」

「バカにしてるのかお前は！」

生徒指導《しどう》担当の田沼《たぬま》が立ち上がって大声を上げた。

「本当のことを言ったらどうなんだ！」

「なにを言っているのか、よく分かりません」

温厚で知られる教頭がまあまあ、というように割って入った。

「わが校が男女交際禁止なのは知ってるね。相手の名前を言わないとすると、反省の余地なしということで退学もありえますよ」

その後は断固退学させるべきだ、という生徒指導担当の教師と、なにもそこまで、という他《ほか》の教師たちの議論に移っていった。

彼女は自分のことではないようにその話を聞いていた。口の中で、小さな声で呟《つぶや》き続けていた。

月の砂漠をはるばると
旅の駱駝《らくだ》がゆきました
金と銀とのくら置いて……

結局、停学一ヶ月ということになった。両親は転校をすすめたけれど、彼女は首を縦《たて》に振らなかった。

停学の後は、周囲から特別な存在として見られていた。教師もなんとなく腫《は》れ物にさわるような態度だったし、クラスの輪からは完全に遠のいた。

親しく話しかけてくる者は減ったけれど、どことなく「孤高の人」という感じの扱いになった。理不尽な停学に耐えて恋人の名前を言わなかったことで、かえって好感を持ったらしい。

処分の軽減を求める署名運動まで起こりかけたという話も聞いた。逆にこの学校にいるに違いない謎《なぞ》の恋人に非難が集中した。

彼女は環境《かんきょう》の変化にやすやすと耐えた——というより、ほっとしていた。

(これでもう右手のことを憶《おぼ》えている人もいない)

今度の騒《さわ》ぎの方がよほどインパクトがある。今までも本人が考えるほど右手も注目されていなかったのだが——初めて彼女は安心をおぼえたのだった。

彼からは一度だけ電話がかかってきた。

「俺《おれ》も大変だったんだよ。お互い卒業したら自由に会えるんだから、それまで辛抱してほしいんだ」

彼が東京の大学に推薦《すいせん》入学が確定しているということは知っていた。まだ付き合っているつもりで話しているのが柊美《とうみ》には不思議だった。

「あなたにはもう会わないし、もうどうでもいいんです」

「悪いとは思ったんだけど、俺にも色々都合があったんだよ」

「謝《あやま》らなくていいです。どうでもいいから」

彼女は受話器を置いた。二度と電話はかかってこなかった。廊下で会っても挨拶《あいさつ》一つ交わさなかった。彼はそのまま卒業し、柊美は三年生になった。

11

柊美はどうして明良《あきら》に自分の手を見せる気になったのか、うまく説明できない。明良の家を探して行った時も、そのつもりがあるわけではなかった。

明良は柊美から見ると不思議な人間だった。頭が切れて、ちょっと皮肉っぽくて、そのくせ考えていることがすぐ顔に出る——なによりも他人と違うものを持っていても、うまく折り合いをつけているように見える。

もちろん、好きとか惹《ひ》かれているということではない——と思う。

ただ、明良は聞かれたことにきちんと答えを出して、それを言ってくれる気がした。

要するに初めて彼女は自分の右手のことを知りたいと思っていたのだけど、自分ではそれを意識していなかった。

「……今も触られてる感じがしますか？」

と、明良《あきら》は尋ねた。

「うん。手を握られてる」

明良は右目からカバーを外して、むき出しの柊美《とうみ》の手を見る。そして、彼は柊美の横のなにもない空間を指差した。

「驚《おどろ》いたなあ。確かに二人ともそこにいます」

「どういう幽霊《ゆうれい》なの？」

「生前のことは知らないんですけど、昔からずっと俺《おれ》の家にいたんです。ここに引っ越した時も俺についてきて……」

柊美から見ればなにもない空間に向かって、明良は話しかけた。

「悪いんだけど、あっち行ってくれ。ちょっと大事な話があるから」

とたんに彼女の手からすっと力が抜けた。なにかが遠ざかる気配がする。

「もう出ていきました。変わった人が来たんでちょっとはしゃいでるみたいですね」

彼は柊美の手に視線を戻した。彼女は慌てたように手袋をはめ直す。

「しまっちゃうんですか」

「手袋してないと、落ちつかなくて……そういうのない？」

「俺はカバーがなくてもあんまり変わりないですね。見えるとうっとうしいからつけるけど」

「私の手のこと、どう思う？」

柊美はさりげなく聞こえるように注意して言った。本当はそれが一番聞きたいことだった。

「俺と似てますよね。俺には見えるし、御厨《みくりや》さんは触《さわ》れる」

「……普通の人間じゃないって思わない？」

「これ以外は俺たちだって普通の人間ですよ。死んでる人間とちょっと関《かか》わってるだけで……大したことは出来ない。これから誰《だれ》が死ぬか分かるってわけじゃないし」

軽い言い方だったが、柊美ははっとした――明良の母親は交通事故で死んだという話を思い出した。

「俺は……中途半端な分だけうっとうしいって思ってた」

（もし私に「幽霊」を見る力があって、家族が死んでしまったら）

自分の無力をいやというほどかみ締《し》めるかもしれない――明良がこの事件を熱心に調べているのもそのせいかもしれなかった。

「でも、私たちにしか出来ないことがあるわよ……中途半端でも」

「……そうですね」

明良はにやっと笑った。

「これ、見てください」

彼は折り畳んだ紙を広げる。海岸を描《か》いたスケッチのようだ。海岸の向こうに灯台が見える。

「……昔の絵だわ」

「みたいですね。富永和美《とみながかずみ》が死ぬ直前に描いたスケッチです」

柊美《とうみ》は目を近づける。ずいぶん描きこまれた内容だった。

「俺《おれ》、絵のことはよく分からないですけど……どこかにスケッチに行って、そこにはない風景を描いたりするんですかね」

見えないものを描いたとはとうてい思えない。細かいところまで行き渡っている。柊美の背中に冷たいものが這《は》い上がってきた。

「……富永っていう人、これが見えていたっていうこと？」

「多分。きっと、なんか意味のある風景なんだ」

「あれ……？」

柊美はスケッチを手元に引き寄せて隅の方を見る。

「どうかしました？」

「私、ここに行ったことがある……小さい頃《ころ》、おばあちゃんと一緒に。ここ見て」

彼女が指差したのは絵の風景の中でも手前の方だった。そこには小さな箱のようなものが置かれている。

「なんですか、これ」

「石碑だと思う。二人で散歩に行って、花をお供えしたの憶《おぼ》えてるから」

「どのあたりですか？」

「今、埋立地になってるあたり。ほら、マンションがたくさん建つっていう……」

二人は同時にはっと気付いた。

「死んだ人たちが見つかった場所ね」

次の日曜日、柊美と明良《あきら》はニュータウン建設予定地に行った。予定地は神岡《かみおか》町の海岸沿いを走る道路の先にある。時々吹きつける海風を除けば、埋立地はしんと静まり返っていた。

二人は埋立地を囲っている高い柵《さく》の前に立っていた。海岸ははるか遠くに確認できるだけで、あちらこちらで高層マンションの基礎《きそ》となる巨大な鉄骨が組まれているところだった。

「……本当にこのあたりですか？」

明良はあたりを見まわしながら言う。絵の風景とはなにもかもが違っていた。

「うん……多分。このあたりから見える景色だったはずよ」

柊美も自信がなかった。こんなに変わっているとは思いもしなかったのだ。

「あれ、見て」

彼女の指先を明良も見た。ずっと先のなにもない更地《さらち》に、工事用のポールとビニールテープで囲いがしてある。

「あれが発見場所かな」

柊美《とうみ》は振り返った。道路をはさんで、埋立地の反対側は小高い丘になっていた。

「あそこからだったら全体がよく見えるんじゃない？」

「そうですね」

二人は人気《ひとけ》のない道路をわたって丘を上っていった。重そうなショルダーバッグを下げている明良《あきら》はうっすらと額《ひたい》に汗をかいている。

「それ、なにが入ってるの？」

柊美は尋ねた。

「なにが起こるか分からないから……色々」

「手伝う？」

「危ないですよ。こんなの持ったら」

柊美は思わずむっとした。明良は口を開きかけたが、なにも言わなかった。

丘の上は造られたばかりの小さな公園だった。見晴らしのいい場所にベンチがあったので、二人は並んで腰を下ろした。

「……すごい」

柊美はため息をついた。上から見ると人の行き来する街ではなく、巨大なジオラマが作られているようだった。

明良は富永和美《とみながかずみ》のスケッチのコピーを広げて見比べている。

「同じところなんてないんじゃない？」

「そうだけど、死体が発見された現場……」

彼は彼方《かなた》に小さく見える、囲いを指差した。

「絵だとこのあたりだと思うけど……」

柊美も絵をのぞきこむ——崖《がけ》のすぐ近くの海の上だった。海面が大きく渦を巻いている。

「偶然の一致じゃないよな、やっぱり」

「……渦の下になにか沈んでるみたいに見えるわ」

と、柊美は言った。明良は頷《うなず》いた。

「この位置からいって、崖沿いの道路からなにかが落ちたんでしょうね」

柊美は更地《さらち》の真ん中の囲いを見る——あそこが昔、崖下の海だったのだ。

「……石碑ってどんな石碑でした？」

「すごく小さな石碑だったと思う……これぐらいかな」

柊美は自分の膝《ひざ》ぐらいの高さで手をひらひらさせた。明良を見ると、絵でもなく自分の手でもなく、まったく別の方を見ていた。

「……それって、あれじゃないですか？」

明良が指差した先はベンチのすぐそばの公園の隅だった。

柔らかい土がもられた花壇《かだん》の一画に、古ぼけた四角い石が置かれている。一応、お供え物を置く場所も作られていたが、なにか置かれた形跡はなかった。

柊美《とうみ》は石碑の前に立つ。明良《あきら》もその後ろから歩いてきた。

「……多分、埋立地を作る時にここに移されたんですね」

「それよりも見て」

石碑は古ぼけていたが、はっきりと文字を読むことができた。

慰霊碑《いれい》

「慰霊碑ってことは……なにかあったってことですよね。事故とか、事件とか」

「今度みたいに？」

二人は石碑の裏側に回って屈《かが》みこんだ。彫られた文字はいくらか読みにくくはなっているものの、まだはっきり読むことができた。

昭和二十二年十二月五日建立、とある。さらにその先には小さく人名が彫られている。この慰霊碑を建てた人間、ということだった。

「あ……」

明良が息をのむのが分かった。

神野《じんの》道蔵《どうぞう》
奥村菊乃《おくむらきくの》
高木《たかぎ》昭三郎《しょうざぶろう》
山内栄一《やまうちえいいち》
……

「神野道蔵って……神野君のおじいさんよね？」

「そうだけど、でもなんでこんなところに……」

「……その隣《となり》にあるの、私のおばあちゃんの名前よ」

奥村は御厨《みくりや》家に嫁ぐ前の旧姓だった。

「知り合いだったのかな」

「私も分からない。聞いたことないもの。でも……」

柊美は遠い昔の「散歩」のことを思い出していた。そういえば、祖母の家からここまではずいぶん離れている。

（あれは散歩なんかじゃなくて……）

「この石碑をお参りしてたんだわ」

「もう、ただの偶然じゃねえな」

彼は石碑を見下ろしながら言う。

「なにがあったのか知らないけど、ここで昔も人が死んでる。俺《おれ》のじいさんと御厨《みくりや》さんのおばあさんがその事件に関《かか》わってる……今の俺たちみたいに」

「そうね……普通じゃ考えられないもの」

柊美《とうみ》は石碑に触れる。祖母と二人で来たことを思い出す。自分の名前がここにあることすら、柊美には言わなかった。

(どうして、なにも言わなかったんだろう)

「ねえ、どうして私たち二人ともそのことを全然知らないんだと思う?」

明良《あきら》ははっと不意をつかれたような表情になる。

「神岡町《かみおかちょう》ってもともと広い町じゃないし、昔からある家ってそんなに多くないのよ。二人とも知り合いだったら家同士の付き合いもあったはずでしょう? せいぜい、その話ぐらいは残ってるはずなのに……不自然じゃない?」

「じゃあ……」

「きっとなにか、事情があるのよ」

二人は石碑の前に立ち尽くした。知らないことがあまりにも多すぎた。

「ん……？」

ふと、明良が眉《まゆ》をひそめた。

「どうしたの？」

今日の彼はカバーをしていない。紫の目が細くなった。

「あの現場のあたりで、なんか光ったんです」

柊美も振り返って、埋立地の方を見る――彼女の目にはなにも見えなかった。

「また光った」

「私には見えないけど」

「かえって問題アリですよ」

明良は肩にかけたバッグを急にぐっと背負い直した。

「ちょっと見てきます」

「私も行くわよ」

「危いかもしれない。あそこで人が死んでるし、相手は人間じゃないんです」

柊美は明良の腕をつかんだ。

「私、神野《じんの》君が考えてるほど弱くない」

明良はちょっと驚《おど》いたように目を見張った。

「……すいません。一緒に行きましょう」

二人は公園のある丘を下って、さっきの柵《さく》まで戻った。人がようやく通り抜けられるほどの隙間《すきま》から中に入った。

鉄骨のあいだを吹き抜ける風がうなり声に似た音を立てている。ところどころに張られたシートがそのたびにぶるぶる震《ふる》えていた。

彼らは囲いのそばへ近づいていった。柊美《とうみ》はおそるおそる中をのぞきこむ。彼女の目に見えるのは、人間の形をしたチョークの書きこみだけだ——日浦《ひうら》千明《ちあき》の倒れていた場所らしい。

「なにか見える?」

「……いや。おかしいな。確かに光ったんだけど」

明良《あきら》はテープをまたいで中に入った。柊美にはそこで待て、という風に手を出して、注意深く人型に近づいていく。

「なにもない?」

明良は頷《うなず》く。柊美も囲いの中に入る。爪先《つまさき》がなにかにぶつかった。見下ろすとつるつるした黒い小石が地面から顔をのぞかせている。

「入らない方がいいですよ」

明良が声をかける。顔を上げると、彼は地面に飛び散った染み——おそらく血痕《けっこん》をじっと見ていた。

「なにもないんでしょう?」

「……なにか変な気配がするんです」

「気配ってどういう……」

と言いかけて、柊美の爪先から不快な震えのようなものが伝わってきた。もう一度自分の足下を見たが、さっきと同じように黒い石が見えるだけで――

（え……？）

柊美は目をこらす。さっきよりも石のかけらが大きくなっている。さっきは碁石《ごいし》ぐらいの大きさだったが、今は野球のボールほどになっていた。

「神野《じんの》君……」

柊美は後ろに下がろうとして、囲いのテープに阻まれた。

「それ」はじわじわと大きさを増しつつあった。そこにあったのは最初から石ではなかった。なにか巨大なものが地上に少しずつ姿を現しているのだ――しかも、彼女はその真上にいる。

「危ない！」

明良は柊美の腕をつかんで転がる。

倒れた二人の体の脇《ゆき》をすり抜けて「行き先のないバス」が土の中から斜めに飛び出してきた。まるで水から上がったように、地面にはなんの痕跡も残らなかった。

（神野君が助けてくれなかったら）

柊美は身震いした。飛び出してくる怪物に跳ね飛ばされていただろう。

「……この野郎」

二人は起き上がる。目の前にバスの車体がそびえ立っていた。あの時とは色が違う。ガラス以外はどこも塗りつぶしたように真っ黒だった。

「これ……あのバスなの？」

「多分、これが本当の色なんですよ」

明良《あきら》はバッグの中に手を突っこんで、それからためらった。

「ドアが開けばな……」

「開けてどうするの？」

「こいつは俺《おれ》たちがここにいるおかげで実体化してる。今なら普通に戦えるハズです」

「戦う？　どうやって？」

明良はバスの前のドアをつかんで開けようとしたが、びくともしない。

「人間にゃ開けられないか……」

柊美《とうみ》ははっと自分の右手を見下ろす——この世のものではないものに触れる手。

彼女は明良の下からドアの端をつかむ。右手にびりっと電気のようなものが伝わり——抵抗もなくドアは開いた。

「富永《とみなが》！」

と、明良は言う。運転手は名前に反応した。ちらりと二人を見る。

「お前たちか。やはり因縁《いんねん》らしいな」

しゃがれているがよく通る声でそいつは言った――とても十代の高校生の声とは思えなかった。

「ちょっと押さえててください」

バスは静かに加速を始めていた。柊美はドアの縁《ふち》に両手を突っ張らせながら小走りに走った。

明良はその隣《となり》でなにやらバッグをごそごそ開いてる。

「お前たち、なにをするつもりだ？」

運転手はあざ笑うように言った。それは柊美の疑問でもあった。

（この人、なにやってるんだろう）

明良はバッグから腕を出す――コーラのビンみたいなものを握っている。

「え？」

なによそれ、と柊美は言おうとして、その先端になにやら布のようなものがついていることに気付く――しかもそれには火がついているようだ。

（まさか……これって……）

明良は柊美の腕の上からビンをバスの中に投げこんだ。それは運転席の中に消え、一瞬《いっしゅん》の間を置いて、ボン、と音がして炎が上がった。運転席から熱風が吹きつけてくる。

「きゃあっ」

柊美《とうみ》は両手を離そうとしかけて——どうにか耐えた。

彼は肩掛けのバッグの中をさらに探り、同じようなビンを次々と車内に投げこんでいった。

炎は運転席だけではなく、後ろの座席全体にも燃え広がった。バスのスピードがゆっくりになった。運転手は完全に炎に包まれていた。

「もういいですよ。手を離し……」

明良《あきら》の目が柊美の右手に釘付《くぎづ》けになった。柊美の右手はバスの昇降口の縁《ふち》に貼りついていて、動かそうと思ってもぴくりとも動かない。まるでなにかに押さえつけられているようだ。

「お前ら！　離せ！」

初めて明良が取り乱した声を上げた。

「どうしたの？　なんなのこれ？」

明良は横目でちらりと彼女の顔を見た。

「幽霊《ゆうれい》たちが御厨《みくりや》さんの手をつかんでる」

柊美の顔から血の気が引いた。

その時、運転席から妙な声が聞こえ始めた。唸《うな》っているような、それでいて音の高低がある声——歌だった。

子供が歌っているようなカタカナの発音で、そのくせ声は老人のようにかすれている。柊美の背筋が凍った。

「ふざけやがって」

明良は歯軋《はぎし》りした。

炎の向こうから運転手がちらりとこちらを見た。体は燃えているにも拘《かかわ》らず、顔はなんともない——ダメージはないのだ。運転手はにやり、と笑った。

突然、バスのスピードが上がる。柊美はもつれかけた足で走り出した。

（このままバスが速くなり続けたら）

答えは言うまでもない。危険だ、という明良の言葉が脳裏に蘇《よみがえ》った。

突然、明良はタラップにバッグを下ろすと、ひらりとバスに飛び乗った。手すりに足を踏ん張り、力をこめて柊美の指を引きはがしにかかった。

「神野《じんの》君！　背中！」

炎が明良の背中に燃え移っていた。

「いいから！　早くはがせ！」

柊美は左手も右手に添えた。それでも動かない。

「人間の力ではムリだ」

二人の後ろから運転手——富永《とみなが》が低い声で言う。

「諦《あきら》めるんだな」

「確かに、これじゃムリか」

明良《あきら》はぼそりと呟《つぶや》いて、突然両手を放した。

「え……」

右腕はますます強くドアの枠に押さえつけられた。柊美《とうみ》は明良の顔を見る。一瞬《いっしゅん》、頭に浮かんだのはホテルから出てきた時、逃げてしまった恋人の姿だった。

（この人も……やっぱり……）

「使えるかどうか、試してないんだよな……」

その後のことは断片的にしか確認できなかった。明良がバッグの中を探っているのと、目を隠したのは確かに見た。彼がなにかを取り出すと、ぱっとまばゆい光が目の前で炸裂《さくれつ》し、すべてが白い色彩の中に溶けた。

右腕をつかんでいた力がゆるむのを感じ、気がつくと誰《だれ》かに抱きすくめられながら土の上をごろごろと転がっていた。

視力が戻るまでしばらく時間がかかった。あたりを見回してもバスの姿はない。明良がすぐそばの地面に大の字になって転がっていた。

「バスは海の中に消えましたよ」

明良はそのままの姿勢で言った。

「いてぇ」

明良が着ていたジャケットはすっかり燃えてぼろぼろになっている。

「ここじゃまずい。出ましょう」

明良は立ち上がったが、すぐによろけて膝《ひざ》をついた。柊美は彼の腕を自分の肩に回した。

「すいません」

彼は照れたように顔を赤くした。

「あんなもの、いつのまに作ったの」

「ついこないだです。御厨《みくりや》さんが家に来た時、部屋に広げてあったあれ」

「あ……」

柊美は明良の家でのことを思い出した——散らかってるな、ぐらいにしか思わなかったけど、言われてみればさっきのビンもあったような気がする。

「……いつ奴《やつ》に会うか分からないから、持ち歩いてたんです」

「最後に光ったのは？」

「古いカメラのフラッシュですよ——幽霊《ゆうれい》だったら、光には弱いかと思って」

「……」

「でも、よかった。御厨さんが無事で」

明良は力なく笑った。つうっと口の端から血が流れている。柊美の胸が熱くなった。

「さっきも言ったけど、そんなに心配されるほど弱くないわよ」

「……そうですね。俺《おれ》の体も運べるし」

「喋《しゃべ》らないで」

だんだん明良《あきら》の体から力が抜けていく。本当に柊美《とうみ》が運んでいるようなものだった。

二人はどうにか柵《さく》を越えて、電話ボックスのそばまで歩いていった。例の停学以降、柊美は携帯電話を持つことを禁止されている。

明良もそんなものは持っていないので、ボックスからかけなければならない。

柊美は非常電話で救急車を呼んだ。明良は電話ボックスに背中をあずけて目を閉じている。ぴくりとも動かないので、柊美は不安にかられた。

「大丈夫？」

と、肩を揺さぶりながら言う。

「……血も出てないし、ヤケドだけ」

「だって私のために……こんな……」

「そんなことないですよ。御厨《みくりや》さんがいなきゃ最初っからドアが開かなかったんだ」

救急車のサイレンが近づいてきた。柊美が立ち上がろうとすると、明良が彼女の袖《そで》を引っ張った。

「じゃ、御厨さんは帰ってください」

彼はぼそぼそ言った。

「どうして？」

「多分警察沙汰《けいさつざた》になる。学校とか御厨さんの家に連絡が行くとヤバい」

「私のことなんかどうだっていいわよ！」

「俺《おれ》が病院にいるあいだ、御厨さんが自由に動けた方がいい。調べてほしいこともあるし、俺は……しばらく動けないと思う」

「でも……」

「ウソをつくのは一人の方が都合がいいんです。口裏合わせてる時間もない」

救急車が止まった。制服姿の男たちが走ってくる。きびきびと明良の体を支えて、車内へ運んでいった。

「連れの方ですか」と、隊員の一人が柊美に言う。

「いいえ。介抱してくれただけです」

明良が車内から先回りして言う。柊美は唇をかんだ。そこへ、若い隊員が運転席から走ってきた。

「総合病院と連絡つきました」

「そうか……すぐ出発する」

後ろのドアを閉めて、隊員は柊美に言った。

「じゃあ、後はもう結構ですよ」

彼は助手席の方へ走っていく。走り出した救急車を彼女はぼんやり見送った。

(神野《じんの》君は間違ってない)

確かに警察《けいさつ》は来るだろうし、口裏を合わせている余裕はない。彼が一人で行くのが一番いいはずだ。こんなこと、両親に分かったら大変なことになる。一人暮らしの彼とは違って私には色々都合が……。

(色々、俺《おれ》にも都合があったんだよ)

自分を置き去りにした恋人の声が蘇《よみがえ》る。最後に電話で話したあの時、見苦しく言い訳する彼をはっきり軽蔑《けいべつ》した。

「あ……」

柊美《とうみ》はかすかに聞こえるサイレンの方を振り返った。総合病院へ、と隊員は言っていた。

(一人にしておけない)

彼女は走り出した。

12

総合病院は神岡《かみおか》駅のすぐ近くにある真新しいビルだった。柊美が病院に辿《たど》りついたのは、明《あき》良《ら》が救急車に乗せられてから三十分ほど後のことだった。

一階の受付で聞くと、治療《ちりょう》は済んでひとまず病室に移されたという。柊美はエレベーターで上の病棟に上がっていった。ここには祖母の見舞いでしょっちゅう来ているから、だいたいの間取りは憶《おぼ》えている。

外科病棟の階に降りて、柊美はナースステーションで明良の病室を尋ねる。看護《かんご》婦はすぐに教えたが、まだあまり話をさせてはいけないと柊美に注意した。それに、今家族が医師から話を聞いていることを告げた。

柊美は教えられた病室のドアをそっと開けた。

「神野君」

明良は横向きに寝ていた。多分、背中を圧迫しないためだろう。腹や胸まで包帯でぐるぐる巻きにされている。

「どうしたんですか」

彼は慌てて起き上がろうとして、すぐベッドに崩れ落ちた。

「寝てて」

柊美はベッドのそばの椅子《いす》に座った。

「帰ってくれって言ったじゃないですか」

「帰るけど……その前に様子を見に来たの」

「大丈夫ですよ」

全身に包帯を巻かれた姿はとても大丈夫には見えなかった。

「なんて話したの」

「ケンカに巻きこまれて、頭のおかしいヤツに火炎ビンを投げられたって」

「すごいウソ」

「そうかなあ」

へへへ、と明良《あきら》は笑った。柊美《とうみ》もそれにつられて笑った。

「警察《けいさつ》は？」

明良は時計を見た。

「もうすぐ事情聴取しに来るって」

ケガをした体で警察相手に強引なウソを押し通すことになる。並大抵の苦労ではないはずだった。

「なにかしてほしいこと、あったら言って」

「……慰霊《いれい》碑のこと、調べてもらえますか？」

「うん、次来るまでに調べてくる……他《ほか》には？」

「たまに見舞いに来てください……退屈しそうだから」

「分かった」

柊美は立ち上がった。あまり長居をするのもまずい。

「御厨《みくりや》さん」

「なに？」

振り向くと、明良はちょっと照れたように顔をそらしている。

「……来てくれてありがとう」

柊美は笑いながら頷《うなず》いて、病室を出た。廊下を曲がろうとしたところで、スーツ姿の男とぶつかりそうになった。頭の禿《は》げ上がった、背の低い中年男性だった。

「すいません」

と、柊美は頭を下げた。

「いや。こっちこそ……ん？」

男はちょっと顔を引いて、柊美をじろじろ見た。どこかで見覚えのある顔を思い出そうとしている、という感じだ。

「失礼ですけど、ひょっとして明良のお知り合いの方……かな」

「はい、そうですけど」

「私、アレの叔父《おじ》で神野《じんの》といいます……って苗字《みょうじ》は一緒ですがね」

「御厨といいます。神野君とは同じ学校で……」

柊美は不意に口をつぐんだ。

（どうして知り合いって分かったのかしら）

病室は廊下の左右にずらりと並んでいる。彼女がどこの病室から出てきたのか分かりはしないはずだ。

「見舞いに来てくださったんですよね？」

「ええ……はい」

「どこで知ったんですか？」

軽い言い方だったが、柊美《とうみ》は背中に冷や汗をかいた。

「いや、私はこの近くの市役所で働いてるもんですからね。それで、連絡入ってすぐここに来たんですけど……あなたは？」

「祖母の見舞いに来たんですけど……さっき神野《じんの》君が運ばれてきたのを見かけたんです。それでびっくりして」

祖母が入院しているのは本当だった。

「ああそうですか。それはわざわざありがとうございます」

明良《あきら》の叔父《おじ》は深々と頭を下げた。悪い人ではなさそうだけど、なにを考えているのかよく分からない。

「明良とは知り合ってから間もないですよね？」

どうしてそんなことを聞くんだろう、と柊美は思った。

「……ええ。ついこの前」

「そうですか。仲よくしてやってください」

「はい」

「怪我《けが》のこと、なんて言ってました?」

「……火炎ビンをぶつけられたとかなんとか」

「私にもそう言い張ってるんですが……とてもほんとの話には聞こえないですな」

彼はため息をつく。柊美には答えようがなかった。

「昔から無口というか強情でしてね……もう少し色々話してくれればいいんだが」

明良の叔父は物思わしげな表情を浮かべた。変わった人のようだが、甥《おい》を心配しているのは確かなようだ。

「どこかで転んだんですか?」

急に話を変えてくるので柊美は驚《おどろ》いた。スカートを見下ろすと、確かに土で汚れている。埋立地で転んだ時のものだろう。

「ええ……ちょっと」

彼女はスカートを手ではたきながら言った。明良の叔父は時計を見た。

「そろそろ行かないとな。今日は本当にありがとうございました。また機会があったら見舞ってやってください」

「はい。失礼します」

後ろから見送られている気配がする。振り返りたくなるのをこらえて柊美は歩いていった。

次の日、柊美《とうみ》は学校帰りに町の図書館に寄った。この地方の古い新聞はデータベース化されていない上、保存状態もかなり悪いらしく、許可がなければ閲覧《えつらん》はできないという話だった。柊美は仕方なく郷土史のコーナーに向かった。かすかにカビの匂《にお》いのする書架から『神岡《かみおか》町百年史』という大きな本を取り出す。「戦後の混乱の中で」という章をめくっていると、最後の方で気になる記述を見つけた。

（……昭和二十二年に入ると、一連の「黒いジープ」事件が町民を震《ふる》え上がらせた。若い女性が次々と行方《ゆくえ》不明になり、その周辺で走り去る謎《なぞ》の黒いジープが目撃《もくげき》された……）

埋立地のバスも真っ黒だった。若い女性が行方不明になる、というところもよく似ている。

（……当初は進駐軍の将校による犯行が噂《うわさ》されたが、捜査が進むにつれてその可能性も否定され、捜査は暗礁《あんしょう》に乗り上げた。その後、神岡灯台付近の崖下《がけした》で行方不明者の死体が発見され、町の有志の手で慰霊《いれい》碑が建てられた。

江戸時代よりこの近辺の海岸は旅人を死にいざなうという言い伝えがあり、自殺の名所でもある……）

それ以上詳しくは書かれていない。柊美はため息をつきながら本を閉じた。

彼女は書架の間を通り抜けて閲覧コーナーに出た。テーブルを占領しているのはほとんど参考書を広げている受験生たちだ。

柊美は彼らの真剣な顔つきを見ているうちに、ここ何日か、受験勉強がまったく出来なかったことを思い出した。

今度のことが終わったらまた受験の準備だ――でも、いつ終わるのか。

明良と違って時間も限られているし、明良が元気になったらこのことは全部彼に任せて……。

（またイヤなこと考えてる）

柊美は首を振ってその考えを振り払った。

「あれ……」

六人掛けの大きなテーブルに、参考書に覆《おお》いかぶさるように寝ている安田麻衣《やすだまい》の姿があった。

柊美は首をかしげる。

（風邪《かぜ》……じゃなかったっけ）

学校には二、三日来ていなかった。柊美は近づいていって、麻衣の肩を揺さぶった。

彼女はばっと飛び起き――相手が柊美だということに気付くと、ますます驚《おどろ》いたようだった。

「ど……どうしてこんなところに……あんたがいるのよ？」

大声に周囲の受験生が一斉《いっせい》に振り向く。柊美《とうみ》は麻衣《まい》の隣《となり》に腰を下ろした。

「麻衣の方こそ、風邪《かぜ》はどうしたの？」

と、小声で話しかける。

「……明日か明後日《あさって》は学校行くつもり」

答えになっていない。なんだか疲れているような顔だ。

「ここでなにやってたの」

麻衣はにらむように柊美を見る。

「ちょっと調べ物」

「ホントに？　あたしがここにいること、誰《だれ》かに聞いたんじゃないの？」

「知らないわよ。ホントにただの調べ物」

柊美はちょっと眉《まゆ》をひそめた。停学の一件以来、麻衣は時々こういうつっかかった言い方をする——どうしてなのか柊美には理由が分からない。

「新しいカレ、元気？」

「誰のこと？」

麻衣はいきなり話を変えた。

「あの二年の男の子」

明良のことだ。柊美は可笑《おか》しくなった。

「別に付き合ってないよ」

「は」

麻衣は笑っているような、泣いているような不思議な顔になった。

「あんた中学の頃《ころ》からいっつもそうだよね。いくらあたしが話しても自分のことは全然話さないの」

「本当に付き合ってないんだってば」

「今の話なんかしてないよ」

たった今話していたことを忘れたように、麻衣は首を横に振った。

「停学した時だって、あたしにはなんにも相談してくれなかったじゃない」

「え……」

柊美ははっと胸を突かれたような気がした。麻衣は俯《うつむ》いたまま柊美の答えを待たずに喋《しゃべ》り続けた。

「あたし、御厨《みくりや》のこと嫌いなわけじゃないんだよ。だけど、なんていうんだろ……あんたあたしのことなんか分かってないっていうか、どうでもいいって感じがすんのよ。一緒にいると結局あたしの方がソンしてる気がするんだよね」

「そんなこと……」

そんなことはないとは言えない気がした――麻衣《まい》はしょっちゅうフラれていて、柊美《とうみ》は同情していたけれど、どうしてそんなにすぐに誰《だれ》かを好きになったりするのか、理解はできなかった。

「でも、ホントはあたしが悪いのかな……多分、悪いんだよね……」

「……」

「こないだお前なんか死ねって言われちゃったし。ははは」

「……誰にそんなこと言われたの？」

麻衣はようやく柊美の顔を見た。

「ひょっとしてホントになんにも聞いてない？」

「なんのこと？」

麻衣は口を開きかけて、結局やめてしまった。

「……御厨《みくりや》、なに考えてるか分かんない。あたしあんたと違って頭もよくないから」

麻衣はもどかしげに参考書をバッグに入れ、茫然《ぼうぜん》とする柊美を残して走っていった。

13

「……やっぱりじいさんたちも、俺《おれ》たちと似たようなことやってたんだな」

柊美の話を聞き終わってから、明良《あきら》が言った。

「多分二人にも俺たちと同じ能力があって……その事件を調べてて、解決した後であそこに慰《い》霊《れい》碑を建てて……」

柊美は明良の病室に来ていた。明良は相変わらず横向きで寝かせられている。治療《ちりょう》を受けたせいか、顔色はだいぶよくなっている。

「その『黒いジープ』って、やっぱりあのバスと同じものなのかしら」

「多分、そうでしょうね」

柊美は制服姿でベッドのそばに座っている——学校帰りに寄ったのだった。

「それよりも、大丈夫だった？」

「平気ですよ。まだあんまり動いちゃいけないって言われてるけど……ま、あんまり長い時間火に当たったわけじゃないから、化膿《かのう》の危険がなくなれば退院みたいです」

「それだけじゃなくて……警察《けいさつ》も来たんでしょう？」

「こないだ言った通りに説明しましたよ」

「納得してた？」

「うーん……おかしな話だけど、別に矛盾するところもないって」

「叔父《おじ》さんはなにか言ってた？」

「叔父さん？　いや、別に——

柊美《とうみ》は入院した日に廊下でばったり会ったことを話した。

「やっぱ信じるワケねえよなあ」

明良《あきら》はふう、とため息をついた。

「親父《おやじ》に連絡行くだろうなあ。そうなると面倒くせえんだよなあ」

いかにも弱りきっているというしぐさが可笑《おか》しかった。

「これから、どうするつもり？」

「退院したら、バスを止めます」

「でも、どうやって……」

「俺《おれ》のじいさんたちがやったんだったら、方法はあるはずでしょう」

「そうね……」

柊美には雲をつかむような話に思えた。

「でも、どこをどう走ってるのかも分からないのよね」

明良は頷《うなず》く――日《ひ》浦《うら》千《ち》明《あき》が姿を消した後も同じ時間にバス停に行ったが、「行き先のないバス」は現れなかった。

「……例外はありますけど」

「例外？」

「被害者の死亡推定時刻はいつも夜中の十二時頃《ごろ》ですよね。少なくとも、乗客が乗った日は確実に夜中の十二時に埋立地に戻ることになる。そこで待ち伏せれば……」

「……でも、いつ乗客が乗るのか分からないのよね」

「そう。結局そこに行きついちゃうんですよ」

明良はため息をつく。

「ただ、手をこまねいてると被害はどんどん広がってくと思う」

彼はベッドから身を乗り出して、サイドテーブルの上の大きな紙を取る——広げると、神岡《かみおか》町の地図だった。

「埋立地のあの場所がここです」

明良はマーカーで書かれた大きな丸印を指差す。

「それ以外の印は全部被害者の家です。みんな、通学前の朝にいなくなってるから、多分彼女たちの家の近くにあのバスが来たと考えて間違いないと思う……最初の被害者の家がここ、その次の被害者がここ……」

彼は次々と地図の丸印を指差す。

「埋立地から……だんだん離れていってるのね」

「多分、被害者が増えるたびに、あいつの行動範囲《はんい》は広がってるんです」

突然、柊美は子供の頃にテレビで見たホラー映画を思い出した——年取った吸血鬼が墓場から蘇《よみがえ》り、血を吸うたびに若返って、強くなっていくのだ。

彼女は膝《ひざ》の上でぎゅっと拳《こぶし》を握り締《し》める。

「……死んだ人たちは、生け贄《にえ》になったっていうこと？」

「被害者はみんな喉《のど》を切られて……血はあの場所に全部染みこんでる。埋立地のあの場所が特別なんです」

「あの慰霊碑《いれいひ》も、そういう場所だから建てられたのね」

「多分……俺《おれ》の家は神岡《かみおか》町の端の方です。これ以上犠牲《ぎせい》者が増えたら、そのうち町の外にも出ていくと思う」

「……一刻も早く止めないと」

「そうなんですけどね」

明良《あきら》は舌打ちした。

「やっぱり普通の武器じゃダメみたいだ……俺のじいさんがどうやってあの怪物を止めたのか、知ってる人間がいればいいんだけど……」

「ここにいることはいるけど……」

「そうですか……」

明良はなおも考えこんでいたが、突然ぱっと顔を上げた。

「……ってちょっと、誰《だれ》のことですか？」

「私のおばあちゃん」

「おばあさんって……奥村菊乃《おくむらきくの》さん？」

「この病院にずっと入院してるの……ただ、家族の名前ももう思い出せないんだけど」

柊美《とうみ》は苦い顔で言った。明良は軽く頷《うなず》いた。

「話はもうムリだと思うけど……どうしたの？」

明良は起き上がってスリッパをはいているところだった。

「行きましょう」

「神野《じんの》君、動いて大丈夫なの？」

「こっちの方が大事ですよ」

柊美の祖母は、一日のほとんどをうつらうつらしながら過ごしていた。意識がある時は、小さな声で童謡を歌っているか、ぼんやりと天井を見ているかのどちらかだ。もう歩き回る体力もなくなりつつあった。

二人が病室に入ってくると、老女はかすかに反応したようだった。

「おばあちゃん、起きてる？　この人がね、神野明良君」

「こんにちは……えっ」

明良は驚《おどろ》いた声を上げた。柊美も祖母の方を向いてぎょっとした。

いつのまにかベッドの上にきちんと正座をして、明良に頭を下げていた。

「お久しぶりでございます。道蔵様《どうぞうさま》」

彼女は顔を上げる。頬《ほお》は赤く上気して、何年も若返ったようだった。

「いや、あの俺《おれ》は道蔵じゃなくて……」

「まあ、今日はあの黒眼鏡《めがね》はどうなさいましたの？」

老女はころころと声を上げて笑った。祖母がそんな風に笑ったところなど、柊美《とうみ》は見たことがない。まるで知らない人間のようだった。

「珍しいこと。『紫の目』を出してらっしゃるなんて」

柊美は明良《あきら》の顔を見た——やはり、目のことまで知っているのだ。

明良は覚悟を決めた、というように咳払《せきばら》いをした。

「あの黒いバスのことを憶《おぼ》えているか？」

「バス……？」

「……じゃなくて黒いジープだ。灯台の見える海に沈めたあいつのことだよ。後から石碑を建てただろう」

「もちろんでございますとも」

「どうやって俺たちはあいつを沈めたんだったかな」

「それはもう、私たちの『武器』を使ったのですよ」

明良の顔が興奮《こうふん》で輝《かがや》いたが、柊美は眉《まゆ》をくもらせた。祖母をだましているのがいやな感じだった。

「武器？　それはどんな武器だった？」

「道蔵様がお持ちではありませんでしたか？　紫の銃でございますよ」

「紫の銃？　……それでそいつを倒したんだな？」

「海の底に逃げられはいたしましたけれど……恐ろしくて、楽しいことでございましたねぇ」

「……どういうことだろう？」

明良は柊美に小声で言った。

「……分からない。こんなこと、私も聞くの初めてなの」

二人の会話は老女の耳に届いていたらしい。彼女は胸の内を探るように目を閉じた。

「あの時も道蔵様はそうおっしゃいました……『怪物退治のなにが楽しいか、どういうことだ』と。わたくしは楽しゅうございました。わたくし、あの時にもお答えいたしましたね……あなた様のお役に立てたからでございますよ」

二人は顔を見合わせた。老女は力尽きたようにベッドに体を横たえた。それでも口元から歌うような小さな声が流れ続けた。

「しょせんわたくしたちは結ばれない縁《えにし》でございました。最後にお会いした時に、道蔵様はおっしゃいましたね……もう手紙を書くこともまかりならん、道で会っても決して声をかけるなと……わたくしはお言いつけ通り、今までの手紙を焼き捨てたのでございます」

柊美《とうみ》の胸がずきりと痛んだ。今、話していることは祖母がずっと抱えていた秘密だったはずだった。それがこんな形で晒《さら》されている。

「道蔵《どうぞう》様も同じようになさったと聞きました。それでもわたくしは嫁《とつ》いでからもずっと道蔵様をお慕いして……」

「もうやめて！」

「その武器はどこにある？」

「おばあちゃん！　この人は道蔵さんじゃないのよ！」

「御厨《みくりや》さん、黙《だま》ってくれ！」

「出ていってよ」

柊美は叫んだ。

いつのまにか老女は目を開けて、子供のように首をかしげながら柊美を見ていた。

「あなたはどなた？」

柊美は白くなるほど唇をかんだ。孫のことをなにも憶《おぼ》えていないのが悔しかった。二人で一緒に過ごした時間がなんの意味もないもののような気がした。

「道蔵様、わたくし疲れてしまいました……少し休ませていただきますわ」

「そうした方がいい」

「……また来ていただけますか」

どう答えようか明良《あきら》が迷っているのを見て取ると、柊美が口をはさんだ。

「二度と来ないわ」

柊美は明良を引きずるようにして外へ出ていった。

「武器があったんだな……俺《おれ》のじいさんが持っていたとすると……」

「あなたなんか会わせるんじゃなかった」

柊美の声が震《ふる》えていた。明良ははっとして柊美の顔を見る。

「あんなこと……きっと一生の秘密だったのに」

「……」

「どうしてあんな風に聞き出したりしたのよ！」

心の奥底では、それが八つ当たりだと分かっていたが――それでも言わずにはいられなかった。

「迷惑かけてすいませんでした」

明良は背中を向け――ぐらりと揺れて、手すりにつかまった。

（まだ、動ける体じゃないんだ）

無理をして会いに来たのだ。手助けをするべきか、柊美は迷った。

明良が肩越しにちらりと振り返った。その横顔は彼の家にあった祖父の写真にそっくりだった。

「後は俺《おれ》一人でやります」

ふらつきながら明良《あきら》は歩いていった。かける言葉もなく彼女は明良を見送った。

14

柊美《とうみ》は教室の窓際の席に座ってぼんやり外を見ていた。ホームルーム前で教室はざわめいている——彼女は昨日の病院でのことを思い返していた。

本人は意識していなかったが、明良に腹を立てていたというよりは、祖母の秘密を知ってしまったことが重くのしかかっていた。

(……幸せじゃなかったんだ)

結婚した後も慕っていた、とはっきり言っていた。夫と一緒に暮らして、子供も育てて——長い間、どんな気持ちだっただろう。

「……御厨《みくりや》さん」

急に話しかけられて、柊美は我に返った。同じクラスの女子がすぐそばに立っていた。麻衣《まい》と仲のいい子だけど、柊美とはさほどではない。世間話をするぐらいだ。

「おはよう……麻衣って今日も来てないね」

麻衣のことも柊美の気がかりだった。電話をかけても「具合がよくない」ということで取り次いでもらえなかった。多分居留守だろう。

「言っていいのかどうか迷ってたんだけど……多分、御厨さんと会いたくなくて休んでるんだと思う」

「え？　どういうこと？」

彼女は促されるままに全部喋《しゃべ》った――麻衣が柊美と明良のことを告げ口したこと、それを噂話にしていたこと、そして口論の末に明良が麻衣に「死ね」と言ったこと。

「なんかぞっとしたっていうか、私たちも怖かったんだけど、麻衣、そのあと一言も喋らなくて……でも、御厨さん全然そのこと知らないみたいだったから、言っといた方がいいって思ったの」

「……」

麻衣のしたことよりも、二人がそんな言い合いをしていたことに柊美は驚《おどろ》いていた。昨日の図書館での麻衣の様子がありありと蘇《よみがえ》る。すっかり怯《おび》えて、なにを言っているのか自分でも分からないようだった。

（そんなことまで言わなくてもいいじゃない）

昨日の病院でのことも手伝って、明良への怒りがまたわいてきた。

「御厨さん、あの二年の子とホントに付き合ってるの？」

「まさか。付き合ってないわよ」

「ふうん……どこのクラス？」

「C組。神野《じんの》明良《あきら》」

吐き捨てるように柊美《とうみ》は言う。すらすら答えられる自分がイヤだった。

「彼女いないのかな」

「えっ？」

柊美は驚《おどろ》いて相手の顔を見た。

「あんな子に興《きょう》味《み》あるの？」

「興味っていうか……うん。ちょっとね。ははは」

「怖かったって言ったじゃない」

柊美が呆《あき》れると、彼女は照れたように笑った。

「そうなんだけど……でも、女の子のためにあんなに怒ってくれる人いいなって思って。麻衣《まい》のやったことってやっぱよくないし。でも、なんで御厨《みくりや》さんに言わなかったんだろうね。ここんとこ会ってないの？」

「……ううん。そんなことない」

あの日すぐ訪ねていったし、その後も話す機会はいくらでもあった。

「多分、同じようなことを自分もするのがイヤだったんじゃないかな」

明良はそういう人間だ。

「でもそれって、麻衣の悪口も言わなかったってことだよね」

「あ……」

柊美ははっとした。ある意味では麻衣も庇《かば》ったことになる。

「……あんなに怒ったのに、彼女じゃないんだ……あ、でも彼は御厨さんのこと好きなんじゃないの」

「そういうの関係ないと思う……まわりでなにかあると放っておけないみたい」

今度の事件のこともそうだ。本人はいちいち考えていないだろう。他《ほか》にやる人がいないからやっている、という感じだ。

明良という人間がたとえ嫌いな相手でも放っておいたりしないことを——その夜、柊美は本当に知ることになる。

麻衣の母親から電話がかかってきたのは夜の八時半頃《ごろ》だった。柊美は夕食を終えたばかりだった。

「麻衣がそちらに伺ってませんでしょうか」

おろおろした声だ。イヤな予感がした。

「いいえ。来ていませんけど……」

「今日は学校に行って……それっきり帰ってこないんです。携帯電話にも出ないし……」

行き先のないバスだ、と柊美《とうみ》は思った。

「麻衣《まい》はバスで行ったんですよね」

「多分、そうだと思いますけど……それがなにか……」

「家を出たのは何時でしたか？　正確に」

「なんだかぐずぐずしてて……十時過ぎだったと思います」

「私も、心当たりを探してみますから」

「そうですか。お願いいたします」

受話器の向こうで何度も頭を下げているようだった。電話を切ってから部屋に戻り、ジーンズと厚手のデニムのシャツに着替えた。動きやすい服の方がいい。

玄関でスニーカーをはいていると、後ろから母親に呼び止められた。

「柊美、どこに行くの」

「友達が」

（友達、だっけ。本当に？）

「友達がいなくなったの。ちょっと捜しに行ってくる」

「ちょっと待ちなさい。こんな時間よ？」

「私じゃないとダメなの！」

（それに、私だけでもダメだ）

柊美は後ろも見ずに駆け出していた。

もちろん病院は外来の時間は終わっていた。すっかり閉じた玄関には、急患の場合は夜間受付に回るよう看板が立っている。柊美は腕時計を見る――九時前。

急患の入り口にはもちろん職員がいるはずだ。うまくもぐりこめなければ、明良《あきら》のいる病室までたどりつけない。

（どうしよう）

迷っているうちに時間は過ぎてしまう。

ふと、遠くから救急車のサイレンが聞こえてきた。柊美ははっとする。

（これなら……）

柊美は夜間受付のそばの茂みに隠れる。すぐに救急車が病院の敷地《しきち》に入ってきて、柊美の目の前で急停止した。

後部のドアが開き、救急隊員の手でキャスターつきのベッドに乗せられた患者が下ろされる――どうやら患者は中年男性で、付き添いにその妻らしい女性がついていく。

患者が観音開きのドアの向こうに消えるのを見計らって、柊美は飛び出した。誰《だれ》もいない救急車の脇《わき》を通って、さりげなくドアを開ける。

案の定そこに受付があった。白衣を着て座っている職員の目の前を、救急患者を追っているフリをして走って通りすぎた。そして、患者たちに追いつく前に手近な階段に飛びこむ。踊り場まで上がって、柊美《とうみ》は深呼吸する。心臓がまだ脈打っている。足音がしないように靴《くつ》を脱いで、階段を駆け上がっていった。

消灯時間になったばかりで、ほとんどの患者は眠ってはいないだろうが、各々《おのおの》の病室で過ごしているはずだ。なんなく明良《あきら》のいる病室までたどりついた。

明良はベッドの上でまだ起きていた。

「どうしたんですか？」

彼は驚《おどろ》いて起き上がる。

「麻衣《まい》がいなくなったの」

「誰《だれ》ですか？」

「私の友達。いつだったか、渡り廊下で会ったことあるでしょう」

「ああ」

明良は顔を背《そむ》け——それから驚いたらしい。

「いなくなったって、まさか……」

「バスに乗っていなくなったらしいの。すごくイヤな予感がして」

「だけどあの女……」

明良はなにか言いかけてやめた。

「屋上での話なら知ってる。今日、学校で聞いた」

「あいつ、御厨《みくりや》さんの友達じゃないですよ」

「そんな話、どうだっていいじゃない」

柊美はきっぱりと言いきった。ここへ向かってくる途中に何度も考えたことだった。

「私、麻衣を許せないかもしれない。でも、それとこれとは別なの。神野《じんの》君だって分かってるでしょう?」

「分かってるけど……俺《おれ》、ああいう奴《やつ》一番キライなんですよ!」

明良は膝《ひざ》の上で拳《こぶし》を握り締《し》めた。柊美の目がふっと優しくなった——彼の怒りは柊美のためのものなのだ。彼女は手袋の手を彼の拳に重ねた。

「私、どうしてあの子がそんなことしたのか分からない……口はちょっと軽いとこあったけど……誰かをわざと傷つけたりとか、そんなことする人じゃなかった」

彼に話しているというよりは、自分自身に話しているようだった。

「だから、ちゃんと知りたいの」

明良の手からすっと力が引いた。なにかを考えこんでいるような表情で柊美を見つめていた。

「分からないことに、終わりがなくても……?」

「死んだら絶交もできなくなるもの」

「……そうですか」

明良《あきら》は神岡《かみおか》町の地図を出した。

「あのクソ女、今日いなくなったんですよね」

「……来てくれるの？」

「ええ」

「ありがとう」

彼は照れたように地図の上に顔を伏せた。

「……奴《やつ》は今日の十二時に埋立地に戻ります。その時まで乗客は殺さない……逆に言えば、そのあいだにチャンスがある」

柊美《とうみ》は時計を見る――九時十五分。

「奴がまともに道路を通るんだったら、埋立地へ向かう道は限られてます。ここ。海岸沿いの湾岸道路を通るはずです」

「埋立地で待たないの？」

「あそこじゃ手の出しようがない。その前に罠《わな》を張らないと」

「罠って、どうやって……」

「ヒマだからそれも考えてたんです。時間がない。急ぎましょう」

明良はカーテンをさっと閉めた。三十秒と経《た》たないうちに、ジーンズと革のジャケットという姿で出てきた。あちこち体を動かして、かすかに顔をしかめる。

「大丈夫？」

「ええ、まあ」

大丈夫なはずがなかった。

「どこから入ってきたんですか？」

柊美は救急車の患者に紛れてきたことを説明した。

「じゃあ、同じところから出るわけにはいかないな」

明良は柊美を連れて病室を出た。人気《ひとけ》のない階段を通り、リネン室の窓から抜け出すと、駐車場の薄暗《うすぐら》い片隅だった。

「どうしてこんなによく知ってるの？」

「出る時のルートも確認してあったんです。見つかると厄介ですから」

そういえば、着替えもすっかり用意してあった。多分、こうなることを全部予想していたのだろう。

駐車場には古ぼけた自転車が立てかけてあった。

「これで行きましょう」

「神野《じんの》君の自転車？」

「誰《だれ》のか知らないけど」

明良は一蹴《ひとけ》りで車輪に巻かれたチェーンを断ちきった。

「今度はもう少し丈夫なヤツにしとけよ」

彼はサドルにまたがると、後ろの荷台をぽんぽんと叩《たた》いた。柊美《とうみ》は慌ててそこに飛び乗る。

「急ぎますよ」

明良《あきら》は音もなくペダルをこぎ始めた。

静かな夜で、ほとんど誰《だれ》ともすれ違わなかった。その場に似合ったものとも思えなかったが——柊美の頭にふと祖母の歌ってくれたあの童謡《どうよう》が頭に浮かんだ。

　さきのくらには王子様
　あとのくらにはお姫様
　乗った二人はおそろいの
　白い上着を着てました……

15

「どこに行こうとしてるの？」

「俺《おれ》の叔父《おじ》さんの家に。俺のバイクがあるし……それに、話がある」

二人が神野《じんの》家の門の前についたのは、九時半を少し回ったところだった。チャイムを鳴らすと、玄関に出てきたのはパジャマ姿の岬《みさき》だった。風呂《ふろ》上がりらしい。

「明良！　どうしたの？　病院は？」

「叔父さんいるか」

「いるけど、なにやってんのよこんなとこで……あ、こんばんは」

岬は明良の後ろにいる柊美に頭を下げた。

「とにかく、叔父さん呼んできてくれ」

そこへ叔父が顔を出した。すっかりくつろいでいるらしく、ランニングシャツ姿で、片手にはビールビンを持っている。

「明良か。どうした？」

病院にいるはずの甥《おい》がここにいることにも、一緒に柊美がいることにもまったく動じた様子がなかった。

「話があるんだけど」

「そうか。上がれ……そっちのお嬢《じょう》さんもな」

二人を連れて叔父は客間へ入った。妻や娘には、大事な話があるからジャマをするな、と言ってぴしゃりと襖《ふすま》を閉めた。

叔父は二人の前に腰を下ろした。普段《ふだん》とはうって変わって、威厳《いげん》のある立ち居振る舞いだった——着ているのはランニングシャツとパジャマのズボンだったが。

「時間はあるのか？」

「あんまり」

「用件はなんだ？」

「まずバイクのキー、返してほしいんだけど」

「理由は？」

明良《あきら》はどう説明していいものか迷っているようだった。

「怪物退治、だろ。違うか？」

明良の叔父《おじ》はずばりと言った。

「この町には時々、おかしな怪物が出て……普通では考えられない事件が起こるらしい。あの埋立地の事件、うすうすそんな気がしてたんだ、お前はアレを調べてたんだろ」

明良は軽く頷《うなず》いた。

「親父《おやじ》が死ぬ前、病院に呼び出されてな。全部話してくれたよ……自分は幽霊《ゆうれい》だの化け物を見る力があって、その力を使って怪物退治をしてた、と」

「……」

「はっきり言って半信半疑だった。もともとちょいとおかしいところがあったけど、こりゃいよいよ来たかと思ってな……正直言って今でも半信半疑なんだ。ただ、後で思い出したんだ……子供の頃《ころ》、幽霊が見えるってお前が騒《さわ》いでて、兄さんが精神科に連れていったってな。

その後、すっかりよくなったって話だったが」

叔父はタバコに火をつける。ふう、と紫煙を吐いた。

「本当は今でも見えるんだろ？　その、幽霊とやらが」

明良は頷《うなず》いた。

「じゃあ、口に出さないだけの分別を身につけたってことだな。親父もそうだったよ。家族は誰《だれ》もそんなこと知らなかった」

「じゃ、俺《おれ》の親父も知らないんだ？」

「知らねえだろうなあ。兄さんは結婚してすぐ、親父……って俺たちの親父と大喧嘩《おおげんか》したんだよ。親父が兄さん夫婦に子供を作るなって言ったもんだからさ。だから、生まれたお前も絶対親父には会わせようとしなかったんだ」

「……じいさんが会いたがってないんだと思ってた」

「逆だよ……ただ、かといって兄さんに謝《あやま》ったりするような人じゃなかったからな。そんなこと言ったのだって、自分の目が遺伝《いでん》するのを心配してたんだろ。自分の代で終わらせたいと思ってたんだ……ただ、生まれたお前のことはいつも心配してたんだぜ」

「叔父さんが結婚した時はなにか言われなかった？」

明良が尋ねると、叔父は笑いながらタバコをもみ消した。

「本当なら言われただろうな……俺《おれ》の女房も神岡町《かみおかちょう》で生まれ育ってて、結婚する前からあいつはほとんど神野家《じんのけ》に住んでるようなもんだったんだ。きちんと入籍《にゅうせき》した時にはもう岬《みさき》が腹ん中にいたんだよ。そうなっちゃ親父《おやじ》もどうしようもなかったんだな」

柊美《とうみ》はちらりと時計を見る。九時四十五分。明良《あきら》もそれをのぞきこんだ。明良の叔父《おじ》も二人の様子に気付いた。

「ホントに急いでるみたいだな。じゃあ、本題に入ろう」

彼は立ち上がると、そばにあった箪笥《たんす》の中からなにかを取り出した。

「本家にある仏壇《ぶつだん》の、親父の写真知ってるな。あの、そっぽ向いたやつ」

「ああ」

「あれな、葬式ん時に他《ほか》の写真がなくて、どうしようもなくて出してきたもんだ。俺《おれ》たちも気がつかなかったけど、写真らしい写真ってほとんどなくてな……家中さがして、出てきたのが一枚だけ。こいつだ」

彼は二人の前に古い写真を出した。あの遺影《いえい》のもとになった写真らしい。神野道蔵《じんのどうぞう》が背広を着て自宅の前に立っている——むっとしたような顔で横を向いているが、その横には着物姿の若い女が並んで写っていた。

女の方は正面を向いて笑っている。右手には白い手袋をはめていて——髪型や服装を別にすれば、柊美にうり二つだった。

「おばあちゃん……」

思わず柊美は言った。

（すごく嬉《うれ》しそう）

胸が締《し》めつけられる思いだった。

「やっぱりあんたの家族の人だったんだな……どう見たって俺たちのお袋じゃない。葬式の時にずいぶん首をひねったんだが、そん時は誰《だれ》なのか全然分からなかった。この前、お嬢《じょう》さんと病院で会った時に思い出したんだ……仲間の話をな」

「仲間って？」

「親父は一人で怪物と戦ってたんじゃない。同じような力を持った仲間がいたって話してたよ……そういう使命を持つ者同士、知り合う運命だったってな。うちの親父と、お嬢さんとこのおばあさんがそうだったってんなら、お前らだってきっとそうだろ」

二人は顔を見合わせる——確かに、そうかもしれなかった。

「『紫の銃』って知ってる？」

「なんだ？　それ」

「叔父さんが預かってるんじゃないかと思ったんだけど」

「……あれのことかな。ひょっとして」

明良の叔父は戸袋を開いて、桐《きり》の箱を出した。

「こないだ話に出た箱ってのがこれだ。俺《おれ》が預かっとくように親父《おやじ》に頼まれてな」

「開けたことある？」

「ねえよ。お前が立ち会わない限り開けるなってのも遺言《ゆいごん》のうちだったからな」

明良《あきら》の叔父《おじ》は蓋《ふた》を取った。中には厳重《げんじゅう》に油紙でくるまれたものがぽんと置いてある。

「おい……これ見ろや」

彼は若い二人に蓋の裏側を見せる。毛筆で字が書いてある。


(この銃、撃《う》つことあたわず。狙《ねら》いを定めるのみ)


「親父の字だな」

「どういう意味ですか」

と、柊美《とうみ》は言った。明良の叔父は顔をしかめて手を振った。

「俺に聞くなよ。見るのだって初めてなんだ」

明良は無造作に箱の中から包みを手に取った。豪快に紙を破くと、ごろんと彼の手に紫色のものが転がった。柊美も横からのぞきこんだ。

「これが紫の銃……」

映画やテレビで見かけるリボルバーとよく似ていた。銃身と回転式の弾倉、引金と撃《げき》鉄《てつ》──ただ、どの部品も濃《こ》い紫色だった。つるりとした表面は削り出したようにも、鋳型《いがた》に入れて作ったもののようにも見えた。あちこちいじるうちに、弾倉が横に飛び出してくる──弾丸は一発も入っていなかった。

「弾はこっちだな」

明良の叔父が箱の底から別の包みを出す。中には三十発ほどの弾丸が入っていた。銃と同じ紫色の材質だった。

「これってなんで出来てるの？」

「なんだろう。金属でもないし、木でもないみたいだな……」

「見せてみろ」

明良の叔父は銃を調べた。

「動物かなにかの骨じゃねえか、こりゃ」

「なんの動物ですか？」

「人間、かもしれねえ」

と、柊美は言った。

触ろうとしていた彼女は、その一言で手を引っこめた。

彼は甥《おい》に銃を手渡す。明良はグリップのあたりを握っては確かめている──彼の手には少し小さいようだった。

明良《あきら》は弾倉に弾丸を装塡《そうてん》し、ジャケットのポケットに銃をつっこむ。

「武器も渡したし、あとはこいつかな」

明良《あきら》の叔父《おじ》はキーを投げてよこした。

「俺《おれ》もバイクは嫌いじゃないからな。整備はしといたんだぜ」

「ありがとう」

「礼なんかいいんだ。本音を言えば、お前に危険なことはしてほしくない……でも行くんだろ」

明良は黙《だま》って頷《うなず》いた。

「お前はホントに親父《おやじ》にそっくりだな」

三人はガレージに行った。神野《じんの》岬《みさき》や明良の叔母《おば》はおろおろしながら三人のすることを見守った。

柊美《とうみ》と明良が無言でバイクを出し、ヘルメットをかぶって乗りこもうとしていると、岬が我慢しきれなくなったように声を上げた。

「お父さん、どういうことこれ？　明良まだ傷が治ってないんでしょう？　二人ともどこに行くの？」

「大事なことだ。それにすぐ帰ってくる」

明良の叔父は言った。

「大事なことって……なんなのよそれ！」

「私の友達を助けに行くの」

　柊美は静かな声で言った。

「全然分かんない。なに言ってんのあんたたち」

「お前は知らなくていい」

　と、明良の叔父は言う。岬は父親に食ってかかった。

「なにそれ！　どういうこと？」

「黙《だま》って見送るんだ」

　厳《きび》しい声だったが、岬には効果がないようだった。今にも親子ゲンカが始まりそうなのを見越したのか、明良は静かな声で話しかけた。

「岬、後で説明するよ。すげえ長い話だし、ワケの分からない内容かもしれないけどな……それじゃダメか？」

　岬はなにか言いたげだったが、結局こくりと頷《うなず》いた。明良はキーを回してエンジンをかけた。

「二人とも、死ぬんじゃねえぞ」

　と、明良の叔父は声をかける。

「分かってるよ」

　そう言い残して、バイクは走り出す。急な加速に慌てて柊美は明良の背中にしがみついた。

「どこへ行くの？」

「奴《やつ》を先回りします……その前にまず、ワナを張っとかないと」

バイクは山沿いのくねった道を走っていった。

D a r k　V i o l e t s

Ⅲ・「それ」

16

彼——富永和美《とみながかずみ》は遠くへ行きたい、と思っていた。

神岡西《かみおかにし》高校で成績も悪くはなかったし、友達もいないわけでもなく、美術部には後輩《こうはい》のガールフレンドもいる——不満のない日常だと自分でも思っていた。

それでも、朝日が覚めた時に、ふと息が詰まるような感覚に襲《おそ》われることがあった。朝、バスを待っている時にも、

（いっそのこと、どこか遠いところに）

と、思わずにはいられないのだった。

まわりの連中はなんの悩みもなく軽々と生活しているような気がしていた。実際、そういう感覚は誰《だれ》にも訪れるものだということ、それを口に出さずに皆どうにか毎日をやりすごしていることが——彼には分からなかった。

学校の行き帰りに、あてもなくうろつき回ることが多くなった。いや、本人にはその自覚もない。ふと我に返ると、とんでもない場所に立っている。そんな感じだった。

その日も、ガールフレンドの佐原郁美《さはらいくみ》と公園にスケッチに行くはずだった。二人ともどちら

ていたのだ。

かというと風景画が好きで——というよりも、風景画ばかり描《か》いている彼に彼女の方が合わせ

朝、和美はふらりと反対方向のバスに乗ってしまった。自分がなにをしているのか、よく分からなかった。気がつくと埋立地の柵《さく》の前に立っていた。

右手の筋がこわばっている気がする。まるで何時間もスケッチを続けたように。

左手に抱えたスケッチブックを開く——最後のページに、見たこともない風景が描かれていた。

灯台の見える海岸。崖《がけ》沿いには道路がうねっている。

「僕が描いたのか……？」

声に出して彼は呟《つぶや》いた。どう見比べても、目の前にはまっさらな埋立地が広がっているだけだ。しかし絵のタッチはまぎれもなく彼のものだった。

「お前が描いたんだ」

「そんなはずないじゃないか」

と、言ってから自分が一人きりだったことに気付いた。周囲には誰もいない。ふと、自分が断崖絶壁《だんがいぜっぺき》に立っているような恐怖が突き上げてきた。

彼は慌てて荷物をまとめると、その場から駆け出した。

次の日、美術準備室で例のスケッチを見ていた。どこということはないが心の和む風景で、

いつまで見ていても飽きなかった。

「先輩《せんぱい》！」

佐原郁美《さはらいくみ》の声だった。和美《かずみ》は顔を上げない。

「昨日どうしたんですか？　あたしずっと待ってたんですよ」

「バスには乗ったよ」

「バス？　どこ行きの？」

（行き先はどこだっただろう？）

「朝……」

彼は郁美の顔を見る。

「行き先のないバスに乗りたいって、思ったことないか？」

「なんですか、それ」

彼女は眉《まゆ》をひそめた。やっぱり理解できないか、と彼は少し失望した。

「わけ分かんない。どういうこと？」

「……さあ」

それは本音だった。自分でもなにを言っているのか分からないのだ。彼女は結局、自分が待ちぼうけを食った、というところに立ち返ったらしい。

「悪かったとか、そういうことも言えないんですか？」

「……」

「先輩って冷たいですね」

冷たい人間だ、と言われるとそんな気がする。

「……」

「もういい。帰る」

ドアをぴしゃりと開けて出ていった。

(このまま別れるかもな)

あまり心は痛まなかった。貸したMDは返ってこないかもな、とぼんやり思った。心から好きだとか、そういう風には思ったことはない。

(僕はまともな人間じゃないんだ)

そう考えるとむしろほっとするのは何故《なぜ》だろう。まともな人間ではないから、まともに謝《あやま》ったりできない。

(しかしあの女はそう簡単に別れないだろうな。お前がなにを考えているか分からないところに惹《ひ》かれているからだ)

「誰《だれ》だ?」

彼は声を出して言う。

(俺《おれ》はお前だよ)

埋立地で聞いた声と同じだった。

自分のものとは思えない声は日を追って大きくなっていった。

周囲の人間は「最近ぼんやりしているな」ぐらいにしか思わなかったが、他人の話などまともに聞けない状態だった。一日中声は途切れることがなかった。

(俺《おれ》と一つになれ。俺には意志が必要だ。お前に力が必要なようにな)

「悪魔《あくま》に魂を売れ、ってことか」

自分の部屋で一人でいる時は、和美《かずみ》は「それ」と話をするようになっていた。

(悪魔は存在しない。魂なら人間は誰《だれ》でも売っているぞ)

「どういう意味だ?」

(あらゆる取り引きはなにかしら魂を売っているということだ。お前は学校に時間を切り売りして将来の安定を買おうとしている。それもわずかながら魂を売っているんだ)

「じゃあ、悪魔とはなんだ?」

(存在しない、と言っただろう。悪魔とは魂を売りすぎた人間のことだ。俺が悪魔なんじゃない。お前が悪魔になるんだよ)

「お前とは取り引きしないと言ったはずだろ」

(いや、お前は普通では手に入らないものを望んでいる。だから俺の存在を感じ取れたし、俺しかし、心の片隅で彼は考え始めていた。

普通では手に入らないもの――自分でもなにを欲しがっているのか、よく分からなかった。

（そうだな。お前のことを理解できるのは俺だけだ）

「どうせ、こんなこと話したって誰も信じないよ」

のことを誰にも話そうとしない）

取り引きが成立したのは一週間目の朝のことだった。登校途中に、目の前をバスが走っていった。

和美はそれを目で追う。

（あんなものが欲しいのか？）

いきなり声が耳元で言った。「それ」を拒絶することも一瞬《いっしゅん》忘れていた。

「あれじゃない。僕が欲しいのは……」

彼は自分の中の言葉を探った。

「『行き先のないバス』だ」

自分でもどういう意味なのかさっぱり分からなかった。

（いいだろう。お前に与えてやる）

その瞬間、ぐらりと世界が揺れた。

我に返ると、ぱっとなにもかもが明るく開けたような気がした。長い夢からすっかりと目覚めたようだった。自分の決断も、それがもたらす結果のことも、もうどうでもよかった。

彼はくるりと方向を変えて、別の方角に向かって歩いていった。


和美《かずみ》は埋立地の真ん中に立っていた。

「どうして……こんなところに」

その時はまだ工事は行われていなかった。更地《さらち》がどこまでも広がっているだけだった。

(お前はこの場で喉《のど》を切って死ぬんだよ)

「そんなことするもんか」

(いや、お前はそのつもりでここに来た。バッグを開いてみろ)

彼はバッグを開く——一番上に、見慣れないものが入っている。折り畳み式のナイフだった。

「誰《だれ》がこんなものを……」

「お前が買ったんだよ。さっきな」

頭の中で聞こえていた声が、突然すぐ後ろで聞こえた。

振り向くと、青い制服と帽子に身を包んだ若い男が立っていた。バスの運転手だ。

「お前……誰だ」

彼は後ずさりする。

「僕はお前だ、って言っただろう」

帽子を取ると、運転手の顔は富永《とみなが》和美と同じだった。

「今さら、なにを恐れるんだ」

いつのまにか、もう一人の自分の手にそのナイフが握られていた。

「知らないぞ、そんなこと！」

「買ったんだよ。そしてお前はここに来た。この場所は僕の力がとても濃《こ》くなる。お前の霊《れい》と肉を捧《ささ》げれば、その範囲《はんい》はさらに広がるぞ」

「な、なにを言ってるんだ……」

「僕のこの姿はお前の願望をかたちにしたものだ。『行き先のないバス』に乗りたいと言っただろう？」

「……」

「そのためにはこうする」

そいつは自分の首にナイフを突き立てた。ぶつり、と音がして喉に裂け目ができた——血は一滴も流れていない。それでもにやにや笑っている。

「ずっとこうしたかったんだ……そうだろう？」

（やめてくれ）

口を開いても声は出なかった。見下ろすと胸がべっとりと濡《ぬ》れている。息をするたびに、笛を吹いているような間の抜けた音がした。

(これは——僕なのか——)

彼の喉《のど》はぱっくりと割れて、生温かい血が溢《あふ》れていた。

(おかしい——あれは僕じゃなかったのに)

ごぼっと彼の口から血の塊が落ちた。彼は埋立地の真ん中でぽつりと立っていた。「もう一人の自分」などどこにもいなかった。

手の熱いものを感じて、彼は自分の手を開く。血に染まったナイフが握られていた。

(熱い。どうしてこんなに)

熱さのあまり彼はナイフを手放す。体の震《ふる》えが止まらない。実際はナイフが熱くなったのではなく、血を失った彼の体が急激に冷えているだけだった。

(——全部、僕だったのか?)

富永和美《とみながかずみ》は崩れ落ち、埋立地の固い地面の上で意識を失っていった。

17

そして彼はバスの運転手になった。昼も夜も町の中をでたらめに走り、「行き先のないバス」を望む乗客を乗せて、埋立地で殺す——その繰《く》り返しだった。生前の富永和美の記憶《きおく》はほとんど受け継いでいない。目的に不要なものはすべて消し去られていた。

自らが望んだ怪物——人間を狩るための道具——と今や完全に同化していた。

今日も一人乗客を乗せていた。この前殺した女と同じ制服を着ている。バスに乗ってすぐに居眠りを始め、ようやく目を覚ましたらしい。

「……あれ。ここどこ」

女はあたりを見回し、外を見る。たいていはまず自分がどこにいるのか気付かずに茫然《ぼうぜん》とする。

それから慌ててブザーを鳴らす。とにかく降りようと思うのだろう。音はしない。たいていはそこで順々にブザーを押していって——最後に運転席の方へやってくる。

「すいません……ブザーが壊《こわ》れてるみたいなんですけど」

いつもと同じだ。同じ質問をもう何人もの口から聞いている。

「壊れてないよ」

「え……？」

「ブザーは鳴らない。そういうものだから」

「じゃあ、どこで止まるんですか？」

「このバスは止まらない。もう降りられないよ」

「ちょ……ちょっと、なに言ってるの？」

「『行き先のないバス』に乗りたいと思ったことはないか？」

彼は必ずその質問をする。女——安田麻衣《やすだまい》は息をのんでたじろいだ。

「朝のバス停で、『どこか違う行き先のバスに乗りたい』と思ったことがあるだろう？」

「な……」

「どこへ、というあてもない。学校へ行きたくない……そんな風に思っていただろう？ 行きたくない場所、望まない義務、顔を合わせたくない他人……お前にはそういうものがあるはずだ」

「そ、それがなんだって言うのよ」

「だからこれに乗ることが出来た。これが『行き先のないバス』だよ」

麻衣は窓に飛びついた——しかし、どうやっても開かなかった。すぐ目の前をバス停が通りすぎていく。誰《だれ》も気がつかない。誰も見向きもしなかった。

「どうして誰も気がつかないのよ！」

「見えてないんだよ。お前にもまだ見えていないものがあるだろう？」

彼女の周囲には今までの「乗客」たちが座っていた。バスで死んだ者はバスの一部となって離れられなくなる。

「降ろしてよ！」

彼につかみかかる。彼は微動だにしない。岩みたいにぴくりとも動かなかった。

「仕方がないな」

彼はステアリングから手を放し、シートベルトを外す。運転手が座席から離れたのに、バスは相変わらず走り続けている。

「ちょっと……やめてよ」

曲がり角に近づいていきていた。勝手にステアリングが回り、バスはきちんとカーブした。

「バスは僕の意志で動いている。運転は必要ない。そういうものだから、座っているだけだ」

麻衣はぺたんと腰を下ろす。その前に富永和美《とみながかずみ》は屈《かが》みこんだ。

「静かにしろ」

麻衣はぶつぶつとなにかを呟《つぶや》いている。彼は耳を寄せた。

「……なさい。ごめんなさい。神様ごめんなさい」

「なにに謝《あやま》っている？」

「……あたしが悪いことをしたから、こんな目に遭《あ》うんでしょ？」

「神などいない」

富永和美は麻衣の額《ひたい》に手をかざした。そこから黒い霧《きり》のようなものが麻衣の額にかかった。

「魂を売らない人間がそう見えるだけだ……お前は夢を見るといい」

それらは彼女の鼻や口の中に入りこんでいき――そのまま彼女は気絶した。運転席に戻りながら、「それ」は低い声で歌っていた。

「この世の果て」にいる男の歌だった。

走り続けるうちに夜になっていた。富永和美《とみながかずみ》と一体化している「それ」は時間を見る。既に十一時になっている。彼は埋立地へと方向を変えた。ほどなく海沿いの湾岸道路に入る。埋立地へ向かうほとんど唯一の道路だ。

不意にバスが実体化していった。運転手はきちんとステアリングを握り直す。「行き先のないバス」がこの世界に姿を現すのは、近くに波長の合う人間がいる証《あかし》だった。バス停の前に立つ小柄な男が、ヘッドライトに照らし出される。帽子を目深《まぶか》にかぶって表情までは分からない。

運転手は安田麻衣《やすだまい》の様子を確認する。この前は他《ほか》の乗客を乗せようとして、それまで乗っていた客を一人降ろしてしまった。あの紫の目を持ったいまいましい男だ。

「今日は大丈夫だ」

誰《だれ》にというわけでもなく「それ」は呟《つぶや》く。

バスが停止すると、乗客はタラップに上がる。運転手はほんのわずかに笑みをこぼしかけた。

突然、乗客はくるりと向き直って右手で開いたドアをしっかり押さえた。右手は手袋をはめている。

「うっ」

富永和美は自分の意志を「行き先のないバス」に伝え、ドアを閉めようとする——しかし、うまくいかなかった。

「やっぱり私の手で押さえると、閉められなくなるみたいね」

女は帽子を取りながら言う。彼はバスを発車させたが、その時にはタラップにもう一人の男が上がりこんでいた。

「乗るのは三回目だな」

紫の目を持つ男——神野明良《じんのあきら》だった。

18

「麻衣！」

柊美《とうみ》は床の上にぐったりと倒れている麻衣に駆け寄っていった。

「またお前か」

と、運転手は言う。

「こっちのセリフだよ」

神野明良は運転席に向かって紫のリボルバーをつきつけた。運転手は明良と手にした銃を見比べて、また視線を元に戻した。

「バスを止めろ」

「……」

「この野郎」

明良《あきら》は引金を引く——かちり、という音がしただけだった。明良の顔色が変わった。

「……さて、どうするんだ？」

運転手はステアリングから手を放し、立ち上がった。

「神野道蔵《じんのどうぞう》と違って、道具の使い方も知らんらしい」

「な……」

なおも明良は引金を引いている。どうしても弾丸は発射されなかった。

「奴《やつ》もバカな子孫を持ったな」

かすれた老人の声で富永和美《とみながかずみ》は笑った。そして、なおも銃を構えている明良の胸を軽く一突きした。

明良は柊美《とうみ》たちの横をすり抜けて、後部座席にまで吹っ飛んでいった。一番後ろの座席に腰を下ろしたような格好になる。

「神野君！」

柊美は立ち上がろうとした——そのとたん、右手が床にはりついた。埋立地の時と同じだ。運転体のまわりに冷たい気配がする。目に見えない誰《だれ》かが自分の手を押さえつけているのだ。

手は柊美の横を通りすぎながら言う。

「お前には、幽霊《ゆうれい》どもの相手をしてもらう」

彼は明良の前に立つ。口の端から血を流している。

「どうやら、先日のケガがまだ癒《い》えていないようだな」

富永和美の顔をした「それ」は明良の胸の前に手をかざす。それだけで、明良の体はぐっと座席に深くめりこむ。明良は悲鳴を上げて銃を手放した。

「危険な武器だ」

運転手は床に落ちた銃を見下ろしながら言う。

「我々に『紫の弾丸』を撃《う》ちこむための銃……もっとも、使い方を知らなければなんの意味もないがな」

「……お前は誰《だれ》だ？」

苦しい息の下から明良は言う。

「調べはついているんだろう？　富永和美、だったかな」

「富永和美に取りついたお前に聞いてんだよ。頭のワリい奴《やつ》だな」

「神野道蔵も似たようなことを聞いていたな……五十年前と同じことを聞くとは、頭の悪い一族だ」

「黒いジープとかいうのも、お前だったんだろう？」

「僕でもあるし、僕でないとも言えるな」

運転手の手から、ぼんやりした黒い霧《きり》が噴《ふ》き出した。

「正確にはこれが『僕』だ。お前たちの言葉で言えば、磁場とか力というものになるかな。富《とみ》永和美《ながかずみ》には意志を提供してもらった。五十年前の時は、あの崖《がけ》で自殺した復員兵が欲望を提供した。あの時僕は黒いジープになった……僕という力に形を与えたのはいつも人間の意志であり、欲望だ」

「お前に意志はないってのか」

「人間の意味で言う意志はない……お前たちに理解できるように説明するには限界があるがな。しいて言えば、僕という存在で世界を覆《おお》いつくすことだ。お前の目は現世と常世の狭間《はざま》にいる者たちを見ることが出来るだろう？　僕はあの者たちを自らに取りこむことができる……」

「……幽霊《ゆうれい》たちを食ってお前はデカくなるってことか？」

「下品な言い方だが、お前は比喩《ひゆ》の使い方が上手《うま》いな」

楽しげに富永和美は言った。

「お前は悪魔《あくま》だ」

彼は口を開いて笑い出した。口の中も黒いもので充満していた。

「富永和美も同じことを言った……お前たちには似た匂《にお》いがするな」

「一緒にすんじゃや……」

後は言葉にならなかった。もっと強い力でシートに押さえつけられたのだ。明良《あきら》の口から悲鳴が上がった。

「やがてお前たちは死ぬ」

運転手はポケットから、黒ずんだナイフを取り出した。

「お前たちは強い意志を持っている。よい生け贄《にえ》になりそうだ」

柊美《とうみ》のそばに屈《かが》みこむ。体をよじって逃れようとする彼女を押さえつけ、喉元《のどもと》に刃《やいば》を押しつけた。

「やめろ！」

と、明良は叫んだ。運転手は彼の方を振り向く。

「人間は悪魔と取り引きをするものだが……お前はどうかな」

「……どういうことだ？」

「お前の魂と引き換えに、他《ほか》の二人の命を助けてやってもいい、と言ったらどうする？」

「ダメよ、神野《じんの》君」

震《ふる》える声で柊美は言った。

「ただの脅しよ……ここで殺したら生け贄にはならないもの」

「そこまで知っていたか」

運転手はナイフの刃をおさめ、明良に近づいていった。

「しかし、このまま行けば埋立地だ。いずれにせよ、死は免れんな。お前たちは動くこともできない。その武器は役立たずだ」

バスの中に沈黙《ちんもく》が流れた。確かにそいつの言う通りだった。

「あの娘だけでも生き残れば、まだ僕を倒す目もあるぞ……もっとも、その時の運転手はお前かもしれないがな」

明良《あきら》は唇をかんで考えこんだ。

「この二人を生きて帰す保障はあるのか?」

運転手は右手を上げた。バスが突然停車し、柊美《とうみ》たちの目の前にある後部ドアが開いた。同時に、柊美の右手を押さえつけていた力がすっと抜けた。

「……これでどうだ。あの娘たちが降りるまで、お前に手出しはしない」

穏《おだ》やかな波の音が車内に響《ひび》いてきた。道路のすぐ脇《わき》には海が広がっている。

明良は黙《だま》ってドアの方を見つめていた。

「……言う通りにした方がよさそうだな」

例のニュータウン予定地まではもうさほどの距離はない。明良は運転手の体越しに、柊美に向かって話しかける。

「降りてください」

「イヤよ!」

柊美は叫んだ。

「ここに乗ってるのは俺《おれ》たちだけじゃないんだ。俺たちがなにをしに来たと思ってるんですか？」

「それは……」

安田《やすだ》麻衣《まい》を助けに来たのだ。でも——柊美の頭の中が真っ白になった。

「早くしろ……それとも、このまま三人とも死ぬか？」

運転手が柊美に声をかける。彼女はのろのろと立ち上がった。それから、麻衣の体を起こすようにして、背中から両腕を腋《わき》の下にさしこんだ。

「……うーん」

麻衣がかすかにうめいて、首を動かす。柊美は麻衣の体を抱えるようにして、後部ドアのタラップまで移動した。

それから麻衣の体を歩道の上にごろんと転がした。まだ柊美はバスのタラップの一番下に足をかけている。彼女は明良の方を振り返る。

「……私たちの武器、か」

ぼそり、と明良が言う。運転手はちらりと彼の顔を見る。

「柊美さん！」

彼女はバスの中に飛びこんでくる。明良は足下に転がっている銃を蹴《け》った。武器は運転手の足と足のあいだをすり抜けて、後部ドアの方へ滑っていく。

「なにっ！」

運転手が柊美《とうみ》の方を振り向いた時は、もう彼女はリボルバーを拾い上げていた。痣《あざ》のある右手がグリップと引金を求め、五本の指があるべきところにぴたりと張りついた。

「貴様！」

柊美の右手が熱くなり、銃身が輝《かがや》いていく。彼女は引金を引いた。弾丸が音もなく発射された。それは紫色の光の軌跡を描き、運転手の胸に命中した。

明良《あきら》は間一髪で後部座席に飛んできた運転手を避《よ》けた。

「大丈夫？」

柊美は銃を構えながら、空いている左手で明良の体を助け起こした。

「どうにか……下敷《したじ》きになるかと思ったけど」

二人は立ち上がって運転手の体を見下ろす。制服の裾《すそ》や袖《そで》から黒い霧《きり》がもうもうと上がっている。

「こいつが柊美さんだけを降ろそうとしなければ、俺《おれ》も気がつかなかったんだけどな……いつ分かりました？」

「明良君が取り引きを始めたから」

「え……？」

「あんな意味のないこと、する人じゃないし……スキを見てなにかするつもりなんだなあって」

明良は驚《おどろ》いたように目を見張った。

「……それだけ？　なにやろうとしてたのか分かってたんじゃないんですか？」

「びっくりしたわよ。いきなり銃が飛んでくるんだもの」

「……強えなあ」

彼は苦笑いしながら呟《つぶや》いた。

柊美は手の中の武器を見下ろした。

「この銃……おばあちゃんが使ってたのね」

「紫の手を持った人間じゃないと反応しなかったんだ……気がつかなかったら、みんな殺されてた」

バスの車体がぶるぶる震《ふる》えている。あちらこちらからも同じ霧が噴《ふ》き出していた。

「話はまた後で。降りた方がいいみたいだ」

「そうね」

柊美はバスから飛び降り、歩道の麻衣《まい》のそばに屈《かが》みこんだ。明良も柊美に続こうとして、確認のつもりで後部座席を振り返ると——運転手の姿はなかった。

「この程度で死ぬと思ったか？」

不意に耳元で声が聞こえた。振り返る間もなく、明良の体は床に叩《たた》きつけられていた。

「明良《あきら》君！」

バスの外から柊美《とうみ》の悲鳴が聞こえる。

「撃《う》てばこいつを殺す」

音もなく後部ドアが閉まり、バスは黒い煙を噴《ふ》き出しながらも走り始めた。明良は床の上にうつ伏せに倒れていた。背中に冷たく重いものがしっかりとのしかかっていて、意識が遠のきそうになる。

明良は唇をぎりっとかんで無理に意識を保った。ここで眠るわけにはいかない。彼は首を回してあたりを見る。やはり運転手はどこにもいない。

「どこを探している」

不意に目の前の床から、人間の上半身のようなものがひょろりと生えてきた。

「運転手の肉体などもともと飾りのようなものだ。本体はこのバスなのだからな」

もはや「それ」は富永和美《とみながかずみ》にすら見えなかった。黒い雲のような塊がかろうじて人型を保っているだけだ。

「そのワリには煙噴いてるぜ、化けモン」

車内のあちこちで、座席や手すりが黒い煙を噴き上げながらゆっくりと形を失いつつあった。

「確かに富永和美の魂の力が弱まって、僕の体は拡散しつつある……しかし、お前をあの場所に連れていく程度の時間は残っているぞ。お前ほどの力を持つ魂があれば、僕はまた実体を保つことが出来るようになる。次の運転手はお前だ」

「……冗談じゃねえ」

明良はごぼりと咳《せき》をする——口から血を吐き出した。

（肋骨《ろっこつ》が折れたな）

折れた骨で肺が傷ついているかもしれない。

「お前の意志の力は大したものだな。その体で見事に恐怖を抑えこんでいる」

明良は恐怖を感じていないわけではなかった。ずっと冷や汗をかいている——しかし、そのせいで身動きが取れなくなるわけにはいかない。

「念のため、しばらく眠ってもらおう」

黒い塊の一端が崩れて、明良の方へ流れ出してきた。それは彼の鼻や口の中に入りこもうとする。明良は動かない顔を必死によじった。

（眠ったら終わりだ）

突然、バスに衝撃《しょうげき》が走った。明良の体がすっと軽くなる。振り返ると、バスの一番後ろの大きなウィンドウがきれいになくなっていた。

「あの女！　お前が乗っているのを忘れたのか」

人型の塊は悲鳴に近い声を上げて、ぐしゃりと形を失った。明良は立ち上がる。はるか彼方《かなた》で御厨《みくりや》柊美が銃を構えているのが見える。明良には柊美の意図が分かった。

(飛び降りろってことか)

彼は急いでバスの後部座席に向かった。本人がイメージするよりもずっと緩慢《かんまん》な動きだった。一歩足を踏み出すたびに胸や背中ににぶい痛みが響《ひび》く。

(思ったよりガタがきてんな)

明良《あきら》は座席に乗り、ウィンドウの縁《ふち》に手をかける——一瞬《いっしゅん》だけ道路を見下ろした。街路灯に照らされたアスファルトの表面が目にも止まらぬ速さで流れていく。

(死ぬかもしれねえな)

と、頭の隅で思う。しかし、ぐずぐずしていれば今度こそ出られなくなるだろう。

「畜生。神様！」

彼はバスから飛び降りた。

明良の体は道路の上をぞっとするような速さで転がり、あお向けに倒れて止まった。柊美《とうみ》は武器を手にしたまま駆け寄っていった。

「大丈夫？　明良君！」

助け起こして明良の頬《ほお》を叩《たた》く。死んではいないが、気絶しているようだ。

顔を上げると、バスははるか先で方向転換していた。その車体は透き通って——柊美の目からは見えなくなった。

（逃げるつもり……それなら方向は変えないはず）

柊美はリボルバーをしっかりと握り直した。

（消えたのは私の目に見えないようにするため）

もし、走ってきて目の前で実体化したらどうだろう。柊美たちはあっさりとひき殺されることになる。

彼女はバスの消えたあたりをめがけて引金を引く。銃口から紫の弾丸が発射される。前方から走ってくるとしたら、そちらに向けて撃《う》てば当たるはずだ。

さらに撃ち続けようとしたところで、明良の手が急に銃身にかかった。

「奴《やつ》はムダ撃ちを誘ってる……こっちが撃ち尽くした隙《すき》に俺《おれ》たちをひき殺すつもりなんだ」

彼はゆっくりと上半身を起こす。柊美の体を背中から抱くようにして——というより、ほとんどもたれるようにして、銃身に手をかけた。

「撃つことあたわず、狙《ねら》いを定めるのみ……か」

乱れた息の下で明良は呟《つぶや》いた。

明良の体に不意に力がこもった。歯を食いしばっているのが柊美にも分かる。彼女の体ごと百八十度後ろを向く。

「撃って！」

柊美は明良の声と当時に引金を引いた。彼らのすぐ二、三メートル手前の空間に紫の光が吸いこまれていき——黒い大きなものがゆらりと現れた。

「地面の下に潜って、俺《おれ》たちの後ろに回りこんだんです」

黒いバスは溶けていくドライアイスのようにもうもうと煙を上げていた。

「富永和美《とみながかずみ》の意志の力がなくなって……もう実体を保っていられないんだ」

突然、黒い塊ははるか彼方《かなた》へ飛び去っていく。二人は地面にへたりこんだままそれを見送った。

「これで終わり……？」

「……あとは、あれの確認だけやらないと」

明良《あきら》は柊美《とうみ》の手を借りて、どうにか立ち上がった。

「それ」は黒い塊となって飛んでいった。さながら昆虫《こんちゅう》の大群のようにも見えたが——少しずつ空中に四散して塊は小さくなっていった。

（あの場所に戻らなければまずい）

今まで人間から吸い取った意識の残滓《ざんし》で、「それ」はそう考えた。常世と現世を結ぶ、かすかな通り道が埋立地になってしまったあの場所に通っている。

どうやっても自分の体の流出は止められなかった。バスの大きさから普通の乗用車のサイズになり、せいぜい馬や牛程度の大きさになり、さらに小さくなっていった。

神岡《かみおか》ニュータウン予定地にたどりついた時は、「それ」はもう小型の犬ほどの大きさの塊でしかなかった。

もう思考するだけの力は残っていない。あの二人の人間への怒りや恨みも意識と共にどこかへ消えていた。残っているのは恐怖だけだ。

発見現場の囲いはすぐ目の前だった。恐怖が安堵《あんど》にかわりかけ——そして、またどん底に叩《たた》き落された。

（があああっ）

獣《けもの》ならば悲鳴を上げたに違いない。「道」のあった場所には、動かされたはずのあの石碑が鎮座《ちんざ》していたのだ。

「それ」は最後の力を振り絞って実体化を試みる。石碑を破壊《はかい》するつもりだった。空中へ跳ね上がると、一気に石碑に向けて落下した。

石碑はばらばらに壊《こわ》れた——しかし「それ」もまた最後のまとまりを失って、ゆっくりと煙のように風に流れていった。

「救急車呼んだわ。多分、麻衣《まい》はもう大丈夫だと思う」

電話ボックスから戻ってきた柊美は言った。

「よかった」

二人は埋立地の発見現場にいた。明良《あきら》はぐったりと地面に腰を下ろしている。

「慰霊碑《いれいひ》、壊《こわ》れちゃったわね」

「……やっぱり、あれがあいつを封じてたんです。あいつが復活したのも、石碑の場所を動かしたからなんだ」

あの慰霊碑が二人の最後の保険だった。バイクと銃を手に入れた二人は、すぐに公園に行って石碑を掘り出したのだった。

バイクの後部座席に載せて石を運ぶのは難しかったが、どうにか時間までにやり終えた。

万が一、自分たちがバスを止められなかった場合、せめて慰霊碑の力で出入りを封じる——それが明良の考えた罠《わな》だった。

「これ、見て」

柊美《とうみ》は石碑の破片のうちから、明らかに石とは違うなにかを拾い上げた。紫色の細い棒のようなものだ。

「……なんですか、それ」

「これと一緒のものみたい」

柊美はポケットから紫の銃を取り出す。

「骨、か」

「石碑にこれを埋め込んでたのね……やっぱり、これになにかの力があるんだわ」

「……この近くに埋めといた方がいいかもしれない」

「そうね」

柊美が固い地面を掘ってそれを埋めているのを、明良は遠ざかる意識の中で見つめていた。

「これでいい？　明良君」

（そういや、いつの間に名前で呼ぶようになったんだっけ？）

思い返したが、はっきり分からなかった。

（……ま、あとは病院でゆっくり考えるか）

それっきり、神野《じんの》明良は気絶した。

D a r k V i o l e t s

エピローグ

その後の明良《あきら》の記憶《きおく》は取りとめがない。濃《こ》い霧《きり》の中にいるように意識は混濁《こんだく》して、突然夜になったり昼になったりした。

その合間に夢を見た――昔住んでいた家に幼い明良がいる。畳の上に座布団を敷《し》いて、誰《だれ》かと遊んでいる。遊び相手の顔は思い出せない。ベランダの方を見上げると、母親が洗濯《せんたく》物を干す手を休めて、晴れ渡った空を見上げている。

(これは夢だな)と明良は思う。しかし、この光景は実際にあったことだ。彼はこの時のことをよく憶《おぼ》えている。母親は青空には似合わない不安な表情を浮かべていた。

(なにを考えてたんだろう)

母親が死んだと聞いた時、真っ先に思い出したのがそのことだった――これでもう、あの時のことを尋ねることはできなくなった。

「死んだ人間に会ったって、相手の気持ちが分かるとは限らないですよ」

佐原郁美《さはらいくみ》が突然話しかけてきた。座布団の上にちょこんと座って、紅茶の入ったカップを手にしている。

「……それ、俺の言ったことだったろ」

と、明良は言い返す。もう子供ではなく、黒い学ランを着た今の明良だった。どこかで「エンド・オブ・ザ・ワールド」が流れている。彼は鼻歌を歌いながら、もう一度窓の方に目をやる。母親もベランダも消え失《う》せていた。

抜けるような青空は同じだが――病院の病室の窓に変わっていた。

「起きた？」

聞き覚えのある声がする。ずきずき痛む首を回すと、御厨柊美《みくりやとうみ》がベッドの脇《わき》にいた。

「起きてますよ」

明良は答えたが、これも夢の続きかもしれないと思っていた。曲の続きを聴こうと耳を澄《す》ませたが、病院の中は静まり返っていた。

「あれから、どうなりました？」

「明良君の叔父《おじ》さんに任せちゃった……病院や警察《けいさつ》に全部説明してくれたみたい」

「あの女は？」

「麻衣《まい》のこと？　怪我《けが》もないし、もう学校に来たわよ……でも、あの日あったことはほとんど憶えてないんですって」

聞いているうちに瞼《まぶた》が重くなってきた。明良は目を閉じないように努力した。

「私、麻衣と話したの」

「……なにを？」

「今まで言えなかったこと」

「向こうが？」

「お互いに」

よかったですね、と言おうとしたが、舌がもつれてうまくいかなかった。

「さっぱりしちゃった」

薄《うす》れていく意識の中で、柊美《とうみ》が笑っていたような気がする。

＊

「起きた？」

岬《みさき》が声をかけてきた。

「……あれ、柊美さん、もう帰ったのか？」

「御厨《みくりや》さん来たのって昨日だよ。ホントに起きてんの？」

「……変な夢ばっかり見てたんだ」

いくぶんしゃがれた声で明良《あきら》は言った。喉《のど》がひりひりする。

「何日経《た》った？」

「今日で五日目」

「俺《おれ》、一体どうなってんだ？」

岬は一通り説明をしてくれた。医者の話によると、肋骨《ろっこつ》が二本折れていて、肩の骨にもヒビが入り、火傷《やけど》の方も化膿《かのう》しかけていた。体中に擦《す》り傷や打ち身はあるが、命に別状はないという。高熱のせいで意識がはっきりしなかったらしい。

「今、喋《しゃべ》れる?」

「大丈夫だよ」

「あの晩、約束したでしょ。全部話してくれるって」

「それ、夢じゃなかったんだな……」

「当たり前じゃない」

得体の知れない怪物がこの世に存在して、従兄《いとこ》がそれと戦って倒した、という話をどこまで受け入れるか不安だったが、約束は約束だった。

明良は説明を始めた。起こった出来事のほとんどは隠さなかったが、ただ神野《じんの》道蔵《どうぞう》と奥村菊《おくむらきく》乃《の》の関係だけは伏せておいた——彼ら二人だけの秘密だったからだ。

岬は頷《うなず》きながら最後まで聞いた。

「……どう思う?」

「大変だったねえ」

岬はしみじみと言った。明良はちょっと慌てた。

「信じるのか?　こんな話」

「だってホントのことなんでしょ」

「そりゃそうだけど……」

「あたし、昔から明良は幽霊《ゆうれい》とか見えてるんだと思ってたよ」

「あたし見えないし、触《さわ》れるわけじゃないからさ。結局はあんたを信じるかどうかってことなのよ。あたしはあんたを信じる」

明良《あきら》は大いに照れた。

「……でも、どうしてそんなもんと戦ったわけ？」

「だってお前、放っとくとまた誰《だれ》か死ぬだろ」

「知らない人でしょ？」

知らないどころか、嫌いな相手まで助けに行っていた。

「こんな話、警察《けいさつ》が信用してくれそうもなかったしな」

「それだけ？」

明良は考えこんだ。自分でもきちんと意識したことなどなかったのだ。

「死んだ人間をたくさん見てきて……でも、それだけで俺《おれ》も普通の人間なんだよな。なにかできるわけじゃなくて……それがイヤだったのかもしれない」

「普通じゃない人間になりたいってこと？」

「いや、そうじゃなくて……普通の人間でいいから、その中で他《ほか》の人間にやれないことがやれれば……あれ？」

言ってるうちに混乱してきた。まだ頭がはっきりしないようだ。

「……」

「明良っていい人だね」

「はあ？」

「そういうことでしょ。結局は」

「お前が俺のこと誉《ほ》めるって珍しいわ」

岬《みさき》は照れたように顔を背《そむ》けた。

「まだ、夢見てんのかもよ」

「そうかもな」

明良は目を閉じる——柊美《とうみ》と安田麻衣《やすだまい》がどうなったのか、聞きそびれたことを思い出した。あるいは夢の中の出来事で、二人は仲違《なかたが》いしたままなのかもしれない。

「まだ夢ん中みたいな気がするよ」

「あたしが誉めたから？」

「違うよ。寝てる時間が長すぎたんだろ。まだなんだかよく分からねえんだ」

「分かんなかったら、なん度でも目ェ覚ませばいいじゃない。時間はあるんだから」

「そうか、そうだよな。たとえ分からないことに……」

明良は口をつぐむ。

「……なんだったっけ」

「なにが？」

「ま、いいか。もう少し寝るよ」

＊

放課後の屋上には麻衣《まい》の他《ほか》には誰《だれ》もいなかった。彼女は金網のすぐそばに立って、じっと外を見ていた。

柊美《とうみ》は麻衣の隣《となり》に立つ。それでも柊美を見ようとはしなかった。

「体、もう大丈夫？」

「別にケガしたわけじゃないし」

麻衣はぶっきらぼうに答える。

「病院で色々聞かれたけど、よく憶《おぼ》えてないの。バスに乗ったとこまでは憶えてるんだけど」

「そう」

沈黙《ちんもく》が流れた。そんなことを話しに来たわけではないことは、二人とも分かっていた。やがて、麻衣が口を開いた。

「昔から、あたし御厨《みくりや》が羨《うらや》ましかったんだよね。美人で大人《おとな》しくて優しくてさ。みんなに人気あったじゃない。御厨のこと嫌いっていう人、見たことなかった。あたしうるさいからすぐ嫌われちゃうし。あんた知らないだろうけどさ、あたしが告白した男ってみんなあんたのこと好きだからって断るんだよ。それで、あんたにフラれるとあたしに電話かけてきてさ。どっか遊びに行こうとか言って。バカにすんじゃねえって思ってた」

麻衣は薄《うす》く笑いを浮かべた。

「右手のこと教えてくれた時、ホントに嬉《うれ》しかった。こんな子があたしのこと頼りにしてくれるんだなあって思って。どうしてそんなことにびくびくしてるのか全然分からなかった」

彼女は一度言葉を切る。かすかに風が強くなってきていた。

「あんたが停学になった時、急に怖くなったんだ。もしあんたに頼られなかったら、あたしってなんの価値もないんじゃないかって」

「そんなこと……」

「うん。そうなんだ……なんにも分かってなかったのって、あたしの方だったんだよね」

彼女は初めて柊美に向き直った。

「ここんとこ、カゲであんたの悪口ばっか言ってた。あの二年の子とあんたのこと、田沼《たぬま》に喋《しゃべ》ったりとか……なんにも悪いことしてないのに……御厨がおいしいところ全部持っていっちゃう気がしてた。あたしが欲しいものも、これから欲しくなるものも……許されなくてもしょうがないけど」

言葉と一緒に唇が震《ふる》えたが、踏みとどまって深く頭を下げた。

「ごめんなさい」

麻衣の前髪の向こうでぽたぽた涙が落ちた。柊美は左手で右手をぎゅっと握り締《し》めていた。

どうしてそんなことを、という気持ちは拭《ぬぐ》えなかった。

それでも——不思議なほど静かな気持ちだった。柊美《とうみ》は口を開いた。

「私、彼とホテルに入った時に……」

彼女はゆっくりと話し始める。麻衣《まい》は顔を上げた。

「手袋外したの。大好きだったし、この人には見てほしいって思ったから」

「……」

「そうしたら、病気じゃないのかって言われた」

「……」

「この手で触られると汚いって」

柊美の声が震《ふる》えていた。

「もう一回、誰《だれ》かに話すのも辛《つら》かった。話して楽になるよりも、その方がずっと辛かったの」

柊美は自分が泣いていることに驚《おどろ》いていた。この一年で、初めて流した涙だった。

「そういうの、分かる？」

涙を拭《ふ》きながら彼女は言う。麻衣は考えこんでいたけど、やがて首を振った。

「よく分からない。けど……聞いてよかったと思う。」

「私も麻衣の話聞いて、同じこと思った」

（たとえ分からないことに終わりはなくても）

と、彼女は思う——どこかで聞いた言葉だけど、一体誰から聞いたのか思い出せなかった。

二人は黙《だま》って外を見ていた。校門の前の道路をゆっくりとバスが走っていくところだった。

「あのさ……『行き先のないバス』に乗りたいと思う？」

不意に麻衣はつぶやいた。

「なに、それ？」

「面倒なこととか、嫌なこととか、全部忘れていいって言われたら……？」

「……乗りたい時はあるかもしれないけど、多分乗らないと思う」

「そう」

麻衣はなにかを思い出そうとしているように、なにもない空間を見つめていた。

「はっきり憶《おぼ》えてないんだけど……あたし誰かに助けられたような気がするんだ。『行き先のないバス』に関係したことで」

「……」

「ひょっとして柊美……」

柊美は緊張《きんちょう》して次の言葉を待った。

「なんでもない。まさかね」

麻衣はそれ以上なにも言わなかった。神岡町《かみおか》に夕暮れが近づこうとしていた。


〈了〉

あとがき

知人に聞いた話。子供の頃《ころ》の夏休み、家族がみな出かけていて一人で留守番をしていると、友達が遊びに来て夕方まで遊んだそうです。

……って、それだけなら別に変わったことのない子供の頃の思い出なんですが、大人《おとな》になったある日、その日が夏休みだったことに気付いて愕然《がくぜん》としたそうです。なぜなら、その友達は夏休みに入る前に交通事故で死んでいたのだから。

死んだはずの子供が友達の家に遊びに行って、その友達も何も疑問に思わずに二人で夕方まで遊ぶ、というのは怖くてちょっとかなしい、いい話だなあ、と思いました。

これって小説にならないか、と思って書きはじめたら気がつくと本作になってました。どこが関係あんだよ、と思った方、僕も書いてる途中で思いました。このエピソードそのものは小説の中にほとんど残ってないし。

ところで、どんな人間でも、頭の片隅にいつまでも残り続けるような記憶《きおく》を持っているんじゃないでしょうか。それがイヤなものであれ、心地よいものであれ、ずっと残る記憶というのは、性格とか行動を変えてしまう転期であることが多いんじゃないかと思います。

そういう記憶《きおく》をどうするのかその人の勝手ではあるけれど、あまりべたべたと手をつけない方がいいんじゃないかと。ムリヤリ結論を出して解決してしまうよりは、それはそれとしてじっくり抱えていくのもそんなに悪くはないと思います。辛《つら》くなりすぎない範囲《はんい》で。

さて、その知人には「これって合理的な説明ができるのか？」と聞かれました。

合理的に考えたいなら、単純な記憶の混乱の可能性を疑った方がいい、本当にその友達が遊びに来たのが夏休みだったか、それとも本当に夏休みに死んだのか、きちんと確かめてみればいいんじゃないか、と僕がツマらない答えを言い、相手も何だかツマらない顔で首をかしげていました。

「……まあ、よく分かんないけど、とにかく来たんだよ」

結局、彼は言いました。何となく僕もそれで納得しました。

「そうか、じゃあ来たんだよな。いいんじゃねえかそれはそれで」

この話はこれでおしまいです。オチはありません。ごめんなさい。

最後になりましたが、すべての読者の方々に心からお礼を申し上げます。

本書に対するご意見、ご感想をお寄せください。

■

あて先

〒101-8305 東京都千代田区神田駿河台1-8 東京YWCA会館
メディアワークス電撃文庫編集部
「三上　延先生」係
「成瀬ちさと先生」係

■

電撃文庫

ダーク・バイオレッツ

三上《みかみ》　延《えん》

発行　二〇〇二年六月二十五日　初版発行
二〇〇二年七月三十日　再版発行

発行者　佐藤辰男
発行所　株式会社メディアワークス
〒一〇一-八三〇五　東京都千代田区神田駿河台一-八
東京YWCA会館
電話〇三-五二八一-五二〇七（編集）

発売元　株式会社角川書店
〒一〇二-八一七七　東京都千代田区富士見二-十三-三
電話〇三-三二三八-八六〇五（営業）

装丁者　荻窪裕司（META＋MANIERA）
印刷・製本　旭印刷株式会社

ISBN4-8402-2116-2 C0193

電撃文庫創刊に際して

文庫は、我が国にとどまらず、世界の書籍の流れのなかで〝小さな巨人〟としての地位を築いてきた。古今東西の名著を、廉価で手に入りやすい形で提供してきたからこそ、人は文庫を自分の師として、また青春の想い出として、語りついできたのである。

その源を、文化的にはドイツのレクラム文庫に求めるにせよ、規模の上でイギリスのペンギンブックスに求めるにせよ、いま文庫は知識人の層の多様化に従って、ますますその意義を大きくしていると言ってよい。

文庫出版の意味するものは、激動の現代のみならず将来にわたって、大きくなることはあっても、小さくなることはないだろう。

「電撃文庫」は、そのように多様化した対象に応え、歴史に耐えうる作品を収録するのはもちろん、新しい世紀を迎えるにあたって、既成の枠をこえる新鮮で強烈なアイ・オープナーたりたい。

その特異さ故に、この存在は、かつて文庫がはじめて出版世界に登場したときと、同じ戸惑いを読書人に与えるかもしれない。

しかし、〈Changing Time, Changing Publishing〉時代は変わって、出版も変わる。時を重ねるなかで、精神の糧として、心の一隅を占めるものとして、次なる文化の担い手の若者たちに確かな評価を得られると信じて、ここに「電撃文庫」を出版する。

1993年6月10日
角川歴彦

電撃文庫

フィギュア17 つばさ&ヒカル

米村正二
イラスト／千羽由利子・中平凱
ISBN4−8402−2114−6

北海道に転校してきた内気な少女——つばさ。クラスの皆とも馴染めないつばさの前に、彼女と同じ顔の少女が現れたとき——！　人気アニメのノベライズ登場！

よ-1-1　0680

ポストガール

増子二郎
イラスト／GASHIN
ISBN4−8402−2115−4

荒廃した地上で、人々に手紙を届ける人型自律機械の少女。彼女の中に芽生えた大切な《バグ》。——それは人の心。第1回電撃hp短編小説賞受賞作登場！

ま-6-1　0682

ダーク・バイオレッツ

三上　延
イラスト／成瀬ちさと
ISBN4−8402−2116−2

行先のない黒いバス——それは人々を喰らう呪われた存在だった。幽霊を見ることのできる「紫の目」を持つ高校生・明良は、神岡町に眠る《闇》に挑むが……。

み-6-1　0683

吸血鬼のおしごと The Style of Vampires

鈴木　鈴
イラスト／片瀬　優
ISBN4−8402−2072−7

吸血鬼に使い魔の猫に幽霊少女にシスター。個性豊かなキャラたちが繰り広げる面白おかしい日常を描く。第8回電撃ゲーム小説大賞〈選考委員奨励賞〉受賞作！

す-5-1　0658

A／Bエクストリーム CASE-314 [エンペラー]

高橋弥七郎
イラスト／金田榮路
ISBN4−8402−2071−9

異空間〈ゾーン〉に巣くうグレムリン駆除を生業とするA／B＝アンディとボギーのハイエンドアクション！　第8回電撃ゲーム小説大賞〈選考委員奨励賞〉受賞！

た-14-1　0659

電撃文庫

僕にお月様を見せないで① 月見うどんのバッキャロー

阿智太郎
イラスト／宮須弥

ISBN4－8402－1628－2

『僕の血を吸わないで』のあのコンビが再び組んだとなれば、これが笑えぬはずもなく、読まないわけにはいくまいぞ！ ファン待望の新シリーズ第1弾!!

あ-7-12　0483

僕にお月様を見せないで② 背中のイモムシ大行進

阿智太郎
イラスト／宮須弥

ISBN4－8402－1696－7

変わった体質の男子高生と変わった性格の女子高生が織り成す笑いの世界！『僕の血を吸わないで』のあのキャラも登場したりする阿智太郎新シリーズ第2弾!!

あ-7-13　0506

僕にお月様を見せないで③ あぁ青春の撮影日記

阿智太郎
イラスト／宮須弥

ISBN4－8402－1774－2

オオカミ男子とうどん女子が麻薬事件に巻き込まれる!? 阿智太郎が描く、なんちゃってサスペンスの臭いプンプンのシリーズ第3弾!! またまた彼も出てきます。

あ-7-15　0544

僕にお月様を見せないで④ 北極色の転校生

阿智太郎
イラスト／宮須弥

ISBN4－8402－1862－5

美人転校生に秘密がばれた!? その彼女はあの狩谷先生の妹!? 銀之介大ピ～ンチ！ しかし新たな恋の予感も。阿智&宮須弥の人気シリーズ第4弾!!

あ-7-16　0568

僕にお月様を見せないで⑤ 思ひでぼろぼろ

阿智太郎
イラスト／宮須弥

ISBN4－8402－1972－9

オオカミ少年の胸に去来する思い出。それはちょっと「ぼろぼろ」って感じだった……。人気おバカ小説シリーズ第5弾。これは笑って泣けちゃう!?

あ-7-18　0606

電撃文庫

僕にお月様を見せないで⑥ アヒル探して三千里

阿智太郎
イラスト／宮須弥

ISBN4－8402－2026－3

バカでも風邪はひく。自宅で寝込む銀之介を見舞う少女がふたり……。人気シリーズ第6弾は、さえない奴がまたちょっとモテる⁉ これぞ王道です⁉

あ-7-19　0640

僕にお月様を見せないで⑦ 29番目のカッチョマン

阿智太郎
イラスト／宮須弥

ISBN4－8402－2117－0

なぜかモテてしまうあの男が、今度はツッパリ少女の心をときめかせてしまった。こいつはどこまでいってしまうのか⁉ まだまだ続く人気シリーズ第7弾‼

あ-7-22　0677

僕の血を吸わないで ザ・コミック

作画／宮須弥　原作／阿智太郎

ISBN4－8402－2094－8

第4回電撃ゲーム小説大賞〈銀賞〉受賞の元祖おバカ小説がコミックになった。ジルが森写歩朗が、お父さんが、マンガでもずっこける！ ファン待望の1冊‼

あ-7-21　0664

なずな姫様SOS CD付きだヨ！ 豪華版‼

阿智太郎
イラスト／椎名 優

ISBN4－8402－1894－3

阿智太郎が脚本を手がけた爆笑ラジオドラマが小説になって登場‼ イラストはあの椎名優‼ 阿智太郎も出演する電撃文庫初のドラマCDのおまけ付き‼

あ-7-17　0584

なずな姫様SOS 目に入らないよ紋どころ

阿智太郎
イラスト／椎名 優

ISBN4－8402－2078－6

今度は忍者とお姫様で笑わせる、阿智太郎の新シリーズ第2弾！ わがまま姫の次なる願いは、仮の姿で世を正す、あの時代劇ヒーローになることだった⁉

あ-7-20　0661

電撃文庫

Missing 神隠しの物語

甲田学人
イラスト／翠川しん

ISBN4－8402－1866－8

物語は『感染』する。これは現代の『神隠し』の物語。その少女に関わる者は、誰もが全て『異界』へ消え失せるという都市伝説。電撃初の幻想譚、登場——。

こ-6-1　0569

Missing 2 呪いの物語

甲田学人
イラスト／翠川しん

ISBN4－8402－1946－X

木戸野亜紀のもとに届いた1枚のファックス。それは得体の知れない文字で埋め尽くされたとんでもない代物だった……。人気のホラーファンタジー第2弾！

こ-6-2　0594

Missing 3 首くくりの物語

甲田学人
イラスト／翠川しん

ISBN4－8402－2010－7

図書館の本にまつわる三つの約束事。それを破ると恐るべき異変が起こる。そして稜子のもとに借りたはずのない一冊の本が届いたとき、〝それ〟は起こった……！

こ-6-3　0624

Missing 4 首くくりの物語・完結編

甲田学人
イラスト／翠川しん

ISBN4－8402－2061－1

異端の著作家・大迫栄一郎——〝彼〟と〝首くくり〟と〝奈良梨取り〟にまつわるすべての謎が解き明かされる時——！超人気現代ファンタジー、第4弾！

こ-6-4　0649

Missing 5 目隠しの物語

甲田学人
イラスト／翠川しん

ISBN4－8402－2112－X

聖創学院でひとりの少女が自殺した。彼女は死ぬ前日〝そうじさま〟と交信していた。こっくりさんと同じやり方でやるその〝遊び〟は……！

こ-6-5　0678

電撃文庫

悪魔のミカタ 魔法カメラ

うえお久光
イラスト／藤田 香

ISBN4－8402－2027－1

「悪魔」で「カメラ」で「UFO」で「ミステリー」で第8回電撃ゲーム小説大賞〈銀賞〉受賞作で……電撃的ファンタジックミステリー、登場！

う-1-1　0638

悪魔のミカタ② インヴィジブルエア

うえお久光
イラスト／藤田 香

ISBN4－8402－2075－1

みークルの面々が追う次なる《知恵の実》は、好きなものを消すことが出来るアイテム！　世の男ドモ、何でも消せれば何を消す？……つまりそういうお話です。

う-1-2　0654

悪魔のミカタ③ パーフェクトワールド・平日編

うえお久光
イラスト／藤田 香

ISBN4－8402－2119－7

舞原妹の指令により舞原姉にデートを申し込むことになった堂島コウ。だが、もてもて男であるコウのはずが、どうしても最後の一歩が踏み出せず……！

う-1-3　0679

大唐風雲記 洛陽の少女

田村登正
イラスト／洞祇ミノル

ISBN4－8402－2029－8

中国の史実をモチーフに、ユニークなキャラクター達が繰り広げるタイム・トリップ・アドベンチャー。第8回電撃ゲーム小説大賞〈大賞〉受賞作。

た-13-1　0637

大唐風雲記② 始皇帝と3000人の子供たち

田村登正
イラスト／洞祇ミノル

ISBN4－8402－2099－9

シリーズ第2弾。こんどは秦の時代へタイムトリップ！　始皇帝が仕掛けた謎に則天皇帝らが挑む。もうひとつの電撃的チャイニーズ・ヒストリー。

た-13-2　0669

電撃文庫

スターシップ・オペレーターズ①

水野 良

イラスト・キャラクターデザイン／内藤隆　メカデザイン／山根公利

ISBN4－8402－1762－9

新鋭宇宙艦に乗り組む若きクルーたちは己のすべてを賭け、星の大海へと旅立つ。銀河ネットワークのライブと共に。極上のスペースファンタジーここに開幕。

み-1-16　0537

スターシップ・オペレーターズ②

水野 良

イラスト・キャラクターデザイン／内藤隆　メカデザイン／山根公利

ISBN4－8402－1976－1

最新鋭宇宙戦艦〝アマテラス〟を駆り、軍事国家〝王国〟打倒を目指す若きクルーたち。亡命政権の長を受け入れた彼らに、最新鋭のステルス艦が迫る。

み-1-19　0607

スターシップ・オペレーターズ③

水野 良

イラスト・キャラクターデザイン／内藤隆　メカデザイン／山根公利

ISBN4－8402－2113－8

惑星国家シュウに寄港した彼等を待ち受けていたものは、盛大な歓迎と敵国からの宣戦布告だった。国家間の思惑が絡み合う中、4隻の宇宙戦闘艦が迫る。

み-1-20　0684

傭兵伝説クリスタニア　暗雲の予兆

グループSNE 原作／水野 良

イラスト／末弥 純

ISBN4－8402－1757－2

獣の牙の団長に就任したリュースに、傭兵達の不可解な死の報告が届く。そして、驚愕すべき事実が発覚し―!?　河添省吾・白井英・栗原聡志が各章を執筆。

み-1-17　0532

傭兵伝説クリスタニア　過去からの来訪者

グループSNE 原作／水野 良

イラスト／末弥 純

ISBN4－8402－1848－X

ベルディア帝国の王都で見え隠れする、宮廷魔術師団の叛心。暗雲の核心が、次第にリュース達の前で明かされていく！　〝傭兵伝説〟連作、波乱の中盤へ！

み-1-18　0398

電撃文庫

傭兵伝説クリスタニア 異界の決戦

白井 英 原作／水野 良
イラスト／末弥 純

ISBN4－8402－2059－X

ベルディア砦、遂に陥落の危機!? 未曾有の強敵そして傭兵の代表としての重責に、リュースはどう立ち向かうのか？ 連作「傭兵伝説」ここに完結!!

し-4-5 0643

漂流伝説 クリスタニア①

水野 良
イラスト／うるし原智志

ISBN4－07－300110－8

巨大な断崖の上に広がる、神々の住まう大地〝クリスタニア〟。辺境の村に住む青年レイルズは、仲間とともに大地震により開けた道からその聖地を目指す……。

み-1-1 0001

漂流伝説 クリスタニア②

水野 良
イラスト／うるし原智志

ISBN4－07－300529－4

クリスタニアにたどり着いたレイルズたちは、〝神獣〟を崇める民と出会う。そして、彼らと共にベルディア軍の侵略を防ぐことに……。注目の第2巻。

み-1-2 0013

漂流伝説 クリスタニア③

水野 良
イラスト／うるし原智志

ISBN4－07－302089－7

故郷を離れて1年の歳月を経たレイルズたちは、ベルディア軍との戦いに備え、神獣の民の砦にたてこもる。そこに神王バルバスの魔手が！ 震撼の第3巻。

み-1-3 0053

漂流伝説 クリスタニア④

水野 良
イラスト／うるし原智志

ISBN4－07－304250－5

神王バルバスの奇跡によって崩壊した〝獣の牙の砦〟をあとに、レイルズたちは「会合の地」へ向かった。復讐に燃えるグレイルとの決着は……？ 「漂流伝説」の完結編！

み-1-5 0105

電撃文庫

パンツァーポリス1935
川上 稔
イラスト／さとやす(TENKY)
ISBN4−8402−0557−4

変形成長する飛行戦闘艦。光剣で斬りむすぶ空中戦。そしてしろー大野が描くにぎやかなキャラクターたち。第3回電撃ゲーム小説大賞〈金賞〉受賞作現る！

か-5-1 0149

都市シリーズ
機甲都市 伯林《ベルリン》 パンツァーポリス1937
川上 稔
イラスト／さとやす(TENKY)
ISBN4−8402−1531−6

義眼を移植された少女ヘイゼル。そして暴走を始めた独逸軍最新戦闘機「疾風」。両者を捕獲するため、独逸軍G機関が動き出した。シリーズ第2期スタート！

か-5-9 0458

都市シリーズ
機甲都市 伯林《ベルリン》2 パンツァーポリス1939
川上 稔
イラスト／さとやす(TENKY)
ISBN4−8402−1630−4

深い森の中で発掘されたものとは何か？防衛の要となる巨大航空戦艦の完成で、独逸の機甲都市化計画は完遂してしまうのか？「機甲都市 伯林」待望の続編！

か-5-10 0485

都市シリーズ
機甲都市 伯林《ベルリン》3 パンツァーポリス1942
川上 稔
イラスト／さとやす(TENKY)
ISBN4−8402−1735−1

国家の存亡を賭け「機甲都市化計画」を進めるG機関と、それを阻止すべく独逸国内に侵攻する連合軍。クライマックスに向けて新たなる歴史が動き始めた……。

か-5-11 0524

都市シリーズ
機甲都市 伯林《ベルリン》4 パンツァーポリス1943
川上 稔
イラスト／さとやす(TENKY)
ISBN4−8402−1843−9

ついに超大型言詞加圧炉が完成し、伯林は機甲都市としての機能を発動させた。しかし、この裏には予言書に関わるある重大が計画が隠されていた…。

か-5-12 0400

電撃文庫

都市シリーズ 機甲都市 伯林《ベルリン》5
川上 稔
イラスト／さとやす(TENKY)
ISBN4－8402－1945－1

全てを受け入れ独逸を護ろうとするG機関と、新しい歴史を刻もうとする反独隊。両者の闘いは、新伯林で最後の幕を開ける!! 「伯林」シリーズ、完結編！

か-5-13 0595

都市シリーズ 電詞都市DT《デトロイト》〈上〉
川上 稔
イラスト／さとやす(TENKY)
ISBN4－8402－2062－X

全ての物質が電詞情報として変換され、再構築された都市DT。特殊部隊の青江は重犯罪者アルゴを追い、神の降臨を間近に控えたDTへと向かう。

か-5-14 0642

都市シリーズ 電詞都市DT《デトロイト》〈下〉
川上 稔
イラスト／さとやす(TENKY)
ISBN4－8402－2118－9

大神召還のために優緒が捕えられ、そして、預言塔BABEL起動のカウントダウンが始まった。かつてDTを壊滅させた神の降臨は再び起こるのか!?

か-5-15 0681

インフィニティ・ゼロ 冬～white snow
有沢まみず
イラスト／にのみやはじめ
ISBN4－8402－1775－0

ちょっと変わった女の子〝ゼロ〟。だが、彼女は哀しい運命を背負った退魔一族のたった一人の巫女だった……。第8回電撃ゲーム小説大賞〈銀賞〉受賞作。

あ-13-1 0639

インフィニティ・ゼロ② 春～white Blossom
有沢まみず
イラスト／にのみやはじめ
ISBN4－8402－2100－6

そして、物語は3年前。ゼロ13歳の時。一族はその存亡を賭けた戦いに巻き込まれようとしていた…。第8回電撃ゲーム小説大賞〈銀賞〉受賞作、待望の続編。

あ-13-2 0670